疑惑の事故

日米地位協定の死角

与世田兼稔
Kanetoshi Yoseda

ボーダーインク

疑惑の事故

日米地位協定の死角

目次

疑惑の事故　日米地位協定の死角

Ⅰ　軍属マシュー・アダムス　7

Ⅱ　日米地位協定の死角　139

主な登場人物

高村 愁平《たかむらしゅうへい》　主人公・国内大手の新聞記者、浮気・セクハラで那覇支局へ飛ばされ、沖縄で日米地位協定の現実を知る

神山優海《かみやまゆみ》　沖縄の地元新聞記者。軍属マシュー・アダムスの疑惑を追う

大倉藍子《おおくらあいこ》　被害者、地元資産家の娘

マシュー・アダムス　米軍属、大倉藍子を交通事故に巻き込み死亡させる

仙波透《せんばとおる》　髭マスターとよばれ、謎の「よろず相談所」をボランティアで行う

岩城剛志《いわきつよし》　人権派弁護士、マシュー・アダムス裁判で疑惑を追う

黒田賢英《くろだけんえい》　被告マシュー・アダムスの弁護人

石井大悟《いしいだいご》　大倉藍子の婚約者

高村百合子《たかむらゆりこ》　高村の妻

高村遥《たかむらはるか》　高村の娘

高村光一《たかむらこういち》　高村の息子

岸田香苗《きしだかなえ》　契約社員、高村の浮気の相手

谷口 俊一郎《たにぐちしゅんいちろう》　高村の弁護士

I

軍属マシュー・アダムス

一

会社と家庭のゴタゴタから逃れるため、眠らない街で酒に溺れていた。

記者としての能力を評価され将来を嘱望されていた時期もあった。だが、軽い気持ちで契約社員である岸田香苗と関係をもったのが転落の始まりだった。

誘惑したのかされたのか。あまりにも軽率で愚かな行為であったと悔やまれてならない。

今思えば、香苗は、逢瀬のたびに意図的に証拠を残す細工をしていた。香水のにおいをワイシャツに染み込ませる。メールで待ち合わせの場所を知らせてくる。

勘の鋭い妻、百合子に発覚するのは時間の問題だった。始まりは夫婦間の口論であったが、離婚を迫る電話があって以来、家庭内が修羅場となった。

初めから妻と別れる気などなく、相手と一緒になろうと話したことすらなかった。彼女の勝手な思い込みだと軽く考えていたため妻に弁明せずにいた。既に関係を断っているので許してくれという謝罪を繰り返しただけだった。

百合子はこの態度に怒りを増幅させ、冷静な会話ができる状態ではなくなった。

この問題はいつしか会社に知られ、これが原因で香苗は雇い止めとなった。するとと契約期間の延長を希望するなら付き合えと夜の街に誘われ関係を強要されたのだからセクハラだと騒ぎだした。総務の人事労務担当者がすぐに調査を始めた。

記者仲間にも醜聞に尾ひれがついて広まっていた。

信頼されていたはずの上司からも見放され、この騒動がおさまるまでとの理由で政治部記者から整理部付という地味な部署に追いやられた。

大学受験を控えた娘の遥からは軽蔑の眼差しを受け、息子の光一は口を聞かなくなった。子供たちは妻の側に立ち、その怒りは当然であると決めつけられた。

当然の如く、我が家では孤立無援の状態となり、いつの間にか居場所がなくなり、追い出されるように家を出た。

不眠と脱力感に支配され、浴びるように酒を飲んだ。

眠りは浅く疲れだけが増幅し、いつしか怠惰で惨めな人間に成り果てていた。

最善の解決策は離婚だと思えたが妻からは「離婚はしない」と宣告された。

弁護士に相談しても「有責配偶者からの離婚請求は認められない。諦めるしかない」と宥められた。八方ふさがりとは、このようなことをいうのであろう。

そんな堕落した生活を繰り返していた頃、飲み屋でぶっ倒れて救急車で運ばれ即入院となる。

急性アルコール中毒、脳梗塞の恐れあり、高血圧、糖尿病、躁鬱病、不健康の象徴のような病名が並び、「このままでは廃人になるぞ」と主治医から脅された。

退院して職場に復帰したある日、会社と俺宛てに裁判所から書類が届いた。

岸田香苗が会社と俺を被告として裁判を提起したという内容だった。会社の顧問弁護士から呼び出されて事情を聴取されることになった。

顧問弁護士の事務所は、都市公園近くの近代的な高層ビルの上層階にあった。エレベーターを降りると真正面が受付で来意を告げると会議室に案内された。

楕円形の会議用テーブルが部屋全体を占領しており、会社の総務人事部長らが渋い顔で窓側の席に座っていた。

正面の大きな窓から公園の緑が目に鮮やかだった。重苦しい気持ちでいたので、その景色は俺の心を落ち着かせる効果があった。

総務人事部長らに一言、詫びを入れようかとも思ったがあまりに不愛想な顔だったのでやめた。

ブリーフケースから裁判書類を取り出して目を通してみた。昨夜は、怒りで読むことができなかったが、この部屋が醸し出す空気のせいか自然に読み進めることができた。

傲慢そうな弁護士が若い弁護士二名を引き連れて入室してきた。

すぐに名刺交換が始まった。その後、若手の主任弁護士からこれまでの社内調査の概要についての報告がなされた。

原告は岸田香苗、年齢二九歳、独身。R大学文学部を卒業後、外資系の投資顧問会社に勤務していたが出版関係の仕事がしたいということで二年前派遣社員として当社文化部に配属となる。

昨年四月、仕事振りが評価されて契約社員として採用されたが、本年三月末日に期間満了となったため雇い止めとなる。

被告高村愁平……俺のことだが……とは、昨年五月頃、文化部の懇親会で知り合い、間もなく親密な男女関係になった。だが、この関係を持つにいたる事情に争いがあり、これが本件事案における最大の争点ということになりそうだ。

原告香苗と被告愁平の交際はもっぱら社外でなされていたが部内では公然の秘密となっていた。

本件が問題となったのは岸田香苗が高村愁平の妻百合子に離婚を迫る電話をしたことから、愁平の上司に相談がなされ発覚。人事部が社内不倫はご法度ということで香苗を雇い止めにしたところ、これに不満を抱き裁判提起に至ったようだ。

弁護士は、どのような調査をしたのかは明らかにしなかったが、香苗が大学を卒業後、会社に入社するまでの生活状況、個人的な交友関係、そして大学在学中から当会社に派遣社員として勤務するようになった二年頃前まで大学の先輩と同棲関係にあったこと、彼が地方の実家に帰るということで別れたらしい等々の詳細な個人情報についての報告がなされた。

この概要報告後、弁護士は、香苗が請求原因として主張している事実に関連して俺を質問攻めにしてきた。

「上司風を吹かせて関係を迫ったと主張しているが、どうか」

「俺は彼女の上司ではない。上司風の吹かせようがないではないか」

「契約期間の満了後も仕事ができるように特段の配慮をすると発言したことは？」

「政治部記者に過ぎない俺に人事権がないことは社内の誰もが承知のことだ。俺がこのような言葉で関係を迫る理由になるはずがない」

弁護士が彼女との関係について根掘り葉掘り不愉快な質問を繰り返してきたため、俺は思わず答えたくないと怒鳴ってしまった。

その場の空気が一瞬にして凍り付いた。質問をしていた若い弁護士は、不安の表情をうかべ次の言葉を失った。

人事部長は、これ以上、俺に質問できそうにないと感じたのであろう。本日はこれで終了したいと意見を述べた。

高級ブランドスーツを着こなした主任弁護士が「会社との利害が対立しているので貴方の弁護はできない。急ぎ担当弁護士を選任されたい。心当たりがないなら紹介してもよい」との嫌味な言葉で会議を閉めた。

即座に俺はその必要はないと断った。同時に友人知人リストを思い浮かべ弁護士で検索すると数名がヒットした。評判の高い国際派弁護士谷口俊一郎に相談してみることに決めた。後輩なので頼みやすいということも理由だった。

敵なのか味方なのかがよく分からない顧問弁護士事務所を出た後、谷口弁護士の携帯に電話してみた。たった今、進行事件の打ち合わせが予定より早く終わったのですぐに来て欲しいとの返答だった。偶然にも彼の事務所は、この界隈にあったからタクシーで向かった。

重大な政治案件の取材のついでに何度か訪れたことがあったので、受付担当者は俺の顔を覚えていたらしく、彼の執務室に案内してくれた。

机の上は事件記録や法律書が雑然と積み上がっており一見して仕事に追われていることが理解できた。

「パートナー弁護士に昇格して、ますます忙しくなったようだね」

「イソ弁時代がよかったです。昇格した途端、毎月の経費と自分の報酬分を稼がないとならないので自転車操業です。あまり時間がないので記録をみせてください」

俺は裁判所から送られてきた書類一切を渡した。彼が記録に目を通している間、独り言のように話しかけた。

「妻の件だけで大変なのに、今度は不倫相手からセクハラ訴訟だよ。会社の顧問弁護士から冷たくあしらわれたので君を頼って来たわけさ。金で片が付くならどうにかしたいが、会社の方は簡単に応じることはできないそうだ。君の力でどうにかして欲しい」

「その女性との関係ですが、いつからですか。先輩の話だと口説いたのではなく口説かれたんですね」

「そうなんだ。据え膳食わぬは男の恥と軽いノリで関係を持ったのが痛恨のミスだった」

「同感ですね。仕事柄、不倫が発覚すると、出世コースから脱落でしょう」

「政治家の金と女の問題を追いかけているブンヤが脛に疵を持つわけにはいかないからな

……」

「魔がさしたということですか？　再度、確認ですが彼女との関係を持つにあたり職場の上司風を吹かせたり、契約社員の身分保障を約束するようなことはしてないでしょうね」

「これはない。彼女は俺の部下ではない。契約社員の期間延長は人事部の専権で、俺に口出しできるはずがないことは社内の常識だよ」

「彼女との関係の始まりを正直に話して頂けませんか？」

「そうだな……香苗と初めてあったとき相当に酔っぱらっていたこともあって、強引にダンスに誘ったことかな？」

「この行為は問題ありですね。その後は……」

「懇親会終了後、彼女をタクシーに乗せ、アパートまで送るつもりだったが車中で彼女が身を委ねてきたのでホテルに方向転換したのさ……」

「先輩が誘ったのですか？」

「正確には俺からではない。彼女が気分が悪いので休みたいというのでシティーホテルに向かったのさ」

「ラブホテルではないのですね……」

「恥ずかしい話だがラブホテルで遊んだ経験はない。それに休みたいの言葉の意味を計りかねていたのでタクシー運転手の手前、シティーホテルに行先変更の指示をしたのさ」

「ホテルでは？」

「俺が強引に行為に及んだかを聞きたいのだな……信じないだろうが彼女をベッドで寝かせて俺はソファーで休んだよ」

「何もなかったのですか？」

「深夜、目覚めた彼女が俺を誘ってきた。結果から言えば、送りオオカミとなってしまったのさ」

「その後も関係は続いていますが、先輩が誘ったのですか？　頻度は？」

「もっぱら彼女のメールで呼び出されていた。大体はレストランを指示され、その後、彼女の気分次第でホテルに行くことになっていた。俺が強引に誘ったという事実はないよ」

「この証明はできますか？」

「メールが残っていればよかったが、妻に発覚したとき全部、削除してしまったからな……」

「奥様は先輩のメールデータを保存しているのでは？」

「まさか頼むことなどできるわけないだろう」

「そうすると先輩の話をどう証明するかということになりますね」

「見通しはどうだ」

「大人の男女の合意の上での関係だからセクハラにならないという主張をせざる得ません。しかし、彼女の友人らが口裏を合わせて先輩に強引に誘われていた等と証言されると難しい事件となりそうです」

「引き受けてくれるだろうね」

「先輩に頼まれて断るわけにはいきませんからね……」

生まれて初めて民事裁判の被告となった。代理人弁護士を選任すれば、裁判所に行く必要はない。事件に必要な書類のやり取りもメールで原則、対応可能ということだった。

俺の会社は、全国の主要都市に支局を設けている。那覇支局長兼記者が家庭の事情で急遽、本社に戻ることになった。これに乗じて転勤を願い出た。

社内上層部では異論が出たようだが合理化の嵐により人材不足の状態となっていたため、会社でも急な配転人事に対応できる余裕がなかった。

整理部付という部署で仕事もなく邪魔者扱いされている俺だが、その前は政治部副部長だ。那覇支局長を担当するに経験不足はないということで希望がとおることになった。

二

支局は地元新聞社内の一室を間借りしていた。着任して数日後の夜、支局員数名と地元新聞社の記者らが慣例ということで歓迎会を開いてくれた。

すでに俺の醜聞は支局員や地元新聞社内に流れていて、俺を歓迎するというより慣例だから形式的に開いたのだという白々しい空気が漂っていた。

この席に神山優海がいた。ショートヘア、細身だがスポーツで鍛えた筋肉質な体で、背は女性としては高い方だ。年齢は三十歳後半、化粧っけなしの健康そうな彼女に新鮮さを感じた。

優海は、俺に対して、あっけらかんと、

「バツイチ、子供は無し、離婚の原因は、元夫の不倫、家庭内暴力です。結婚生活はこりごり、誘惑してもダメです」と自己紹介した。

まるで別れた旦那は俺ではないかと思えるような嫌味な自己紹介に聞こえたが、なぜか親しみを感じた。二次会、三次会と進むうちに参加人数が減り、最後は彼女だけが残った。

沖縄の女性は男勝りだと聞いてはきたが、彼女の酒豪ぶりには圧倒された。何杯飲んでも顔色一つ変えずに平然と飲み続けている。呂律《ろれつ》が回るという気配さえない。酒には強いと自負していたが脱帽せざるを得なかった。酔ったので帰るというと、「もう一軒、髯マスターの店まで付き合ってください」とやや強引に連れられてきた。

港町の寂れた路地裏の古い建物の二階にあるカウンター席だけの小さな店だった。カラオケもなければ酒場特有のＢＧＭさえ流れていない。

壁一面に本棚が設置され雑多な書籍が溢れていたので、まるで古書店の中にある酒場のようだ。会員制ということだが、一体どんな人物が会員なのであろうか。

マスターは白髪に白い顎鬚。年齢は七十歳代後半のように見えたが、見かけより若いかも知れない。

「今日は不倫男を連れてきましたよ」

「優海好みの男か？」

「残念、私の趣味ではありません。むしろ私の前の旦那みたいで、女にだらしがない助平男です」

マスターは黙ってグラスに水をそそぎ彼女の前に置いた。

髭マスターの店。

風貌をもじっての店名なのであろうか。それとも彼女が勝手に称しているだけなのか。

にわかに興味が湧いてきたので率直に聞いた。

「この店の名前は？」

「入口に会員制バーという看板を見なかったのかね」

「会員制バー？　これが店名ですか？」

「店名といえば店名だし、違うといえば違うかな……」

「正式な店名はないのですか？」

「ある人は俺のバーとか、隠れ家とか呼んでいる。優海は、勝手に髭マスターの店と言っているよ」

「電話は？」

「電話帳には登録されていない」

「これで客は来るのですか？」

「客が来るか？　妙な質問だなー。この店は会員制バーだよ。会員が飲みに来てくれれば経営は成り立つようにできているから一般客は来なくて結構なんだ」

「私はいいんですか？」

「当然だ！　会員が同伴したゲストだからな」

「会員の特典はなんですか」

「年会費を払ってくれれば、原則、酒は飲み放題だ」

「ゲスト同伴の場合は、どうなりますか」

「俺の気分次第だな……無料の場合もあれば、嫌な客には二度と来たくないと思う金額をふっかけているよ」

うとうとしていた優海が突如、目を覚まし早口で話し始めた。

「髭マスター、仙人みたいでしょう。年齢も経歴も、すべて不詳の秘密だらけの人なの」

「うちなーんちゅ？」

「これも謎。数十年前沖縄に流れ着いたようでもあるし、親がうちなーんちゅだという噂もあって正直、謎なの」

「…………」

「聞いて、聞いて……髭マスターは何でも知っているの。それで大物投資家が隠れて相談に来たりするの。本当に凄い人なんだから」

酔いが回ってきた優海は、しきりに沖縄での生活の心構えを説き、最後に海の素晴らしさ、特にスキューバダイビングの魅力を語り、絶対に経験すべきだと勧めた。

俺は、これまで海で遊んだ記憶はない。泳ぐとすればプールで十分だった。海のない地方で子供時代を過ごしたせいだ。

そんな俺がダイビングをやるなど馬鹿げた話だと聞き流していたが、しつこく勧めるので渋々承諾した。髭マスターがダイビングスクールを経営しているということで、その場で入会させられた。


数日後、優海に連れられ教室を訪ねた。学科と実技というメニューがあり、定期的に教室に通うことになった。生徒は、ほぼ全員が真っ黒に日焼けした若者ばかりであった。

学科講習は実に退屈なもので眠気をこらえるための努力だけで終わった。

講習後、実技トレーニングとなった。教室で準備されている色あせたダブダブのウエットスーツを身にまとい機材を装着してプールに入る。講習を聞いていたときは、海に潜ることなど泳ぎに比べれば実に簡単なことだと思っていたが、なかなか沈まない。

インストラクターの説明では、頭が空を向いているからだそうだ。水中に潜るというのは人間にとって不自然なことなのであろう。

酸素ボンベから空気が送られてきているということを理解していても、体は沈むことを拒否する。インストラクターは強引に俺の頭を押し込み、一気に手を引いて約十メートルのプールの底まで引きずり込んだ。

この動作を何回か繰り返され、ようやく人間の頭がいかに重いか、潜るためには頭を海底の方に向けなければならないことを学んだ。

最後の課題は中性浮力であった。腰に鉛の重りを入れたベルトを巻きつけプールの底まで潜る。そこで浮力調整を行い、息を吐き出すと沈む。吸うと浮くということを体にしみこませた。これで講習は終了となり、週末にケラマの海でダイブすれば、ライセンス取得となる。

購入したばかりのウエットスーツを身に着け、ボートダイビングに挑戦。バディは優海が務めることになった。

プールとは違い波が揺れ動いている。体が勝手に浮いたり沈んだりしているせいで潜るタイミングが掴めない。見兼ねた優海が俺の手をつかんで海の底に引きずり込もうとした。あれほど学んだのに頭が空の方向を向いている。それでなかなか沈まない。

優海は、いったん浮き上がり、俺の頭を海底のほうに押し下げ、それから手を引いて海の底に沈んで行った。

目の前を水泡が浮いていく。その度に耳元でボコボコという音が聞こえる。息をとめるとすぐに無音となる。

水中メガネを通して見えるサンゴ礁と熱帯魚達。持参した魚肉ソーセージをつぶすと青い小さなコバルトスズメやカラフルな熱帯魚がまとわりついてくる。手袋越しに熱帯魚達の食いつきを感じる。やがて海の中にいるという恐怖が薄れていった。

髭マスターの先導で、浅場のサンゴ礁ゾーンから真っ白い砂が一面に広がったガーデンイールのいるスポットにやってきた。

〝静かに〟のポーズで海底で息を止めて待っていると可愛い頭が突如、にょきっと砂地から浮き出てきた。顔を出したときは白く透明なもやしのように見えた。よく見ると小さな黒斑を身にまとっている。小ぶりなアナゴだそうだ。

俺が呼吸を始めたらすぐに首をひっこめた。出ては引っ込みを繰り返す様を観察後、この場所から移動することになる。

やがてイソ花ポイントにやってきた。枝サンゴ中央部の盛り上がったところに、まるで挿し木でもしたような扇状の真っ赤なサンゴが目に飛び込んできた。

素人目には宝石サンゴに見えるが深海でゆっくり成長する赤サンゴ・八放サンゴではない。触るとぽろぽろ折れてしまう脆いサンゴの一種。だが、その造形美は実に見事で、おそらく竜宮城は、このような美しいサンゴで飾られていたであろうと想像した。

海中は地上の憂さやストレスと無縁の世界。余計なことを考えると潮流に流されバディとはぐれてしまう。残圧計の確認を怠るとエアー切れを起こし大事故になりかねない。それで、ひたすらグラス越しに見えるサンゴ礁と熱帯魚に意識を集中しながらバディの姿を追い求めることになる。

大都会の喧騒を思い浮かべた。何処からともなく溢れてくる人の洪水に押されて自分の意思とは関係なく流されていく。

ここは地上の喧騒と全く無縁な世界。サンゴ礁の真上で静かに浮いてカラフルな熱帯魚を眺める。海水の流れに逆らうときに手を動かす以外は、体の動きを止めている。

空気を吐けば沈み、吸うと浮く。まるで旧式の潜水艦、空気がバラストの役割を果たしているのだ。呼吸だけでバランスを保つ。重力を感じないということがこれほど気持ちがよいとは想像だにできなかった。

心も体もボロボロになりかけていた俺にとってケラマの海の中は、心身快復の魔法の治療場、ストレスフリーな楽園となった。

三

この島には、かつて三山の王がいたが、英傑によって統一され琉球王国が誕生した。小国ながら巧みに外交力を駆使して中継貿易によって栄えてきた。

戦国乱世を終わらせた大合戦の後、薩摩藩が琉球の非をあげつらい将軍の許可を得て侵攻し付庸国としたが、進貢貿易利益の確保のために王国制度はかろうじて維持された。

黒船来航が契機となって誕生した新政府は、列強諸国に対抗すべく富国強兵策による近代国家建設を急いだ。

琉球も新国家体制に組み込まれ一地方県となった。王国の役人らの一部は、頑固党を結成し隣国の支援による王国再興を画策したが挫折し、やがて新政府の琉球処分問題は終息した。

列強諸国に呑み込まれないようにと新政府は、資源を求めて大陸や南方地域に兵を派遣した。ある地域紛争に米国が介入して来たことに端を発し無謀な戦端が開かれた。経済力、軍事力、石油資源を含めた物量で圧倒していた米国に勝利できるはずがない。

南方海上での壊滅的な敗戦から次々と敗戦を重ねもはや降伏の時期だけを模索した。

政府と軍部は、沖縄県を捨て石にして時間を稼ぎ、一億総玉砕という本土防衛戦により米軍に打撃を与え和睦するという一撃講和策にすがった。

開戦当初からの手前勝手な軍事シナリオであったが講和のチャンスがないまま最終防衛戦が迫ってきた。

国体護持という条件を呑んでもらうべく東側の大国と秘密裏の交渉をしていた。だが、この国は領土を拡大すべく既に米国と参戦の密約を取り交わしていた。この密約情報は、軍情報部に打電され軍部に届いていたはずなのに一将校の判断で握り潰されたようだ。この結果、頼むに足りぬ東側の大国との無益な交渉に時間が浪費された。

米国は、沖縄攻撃作戦に着手してきた。夥しい数の軍艦が本島をとり囲み一斉に艦砲射撃をしてきた。

毎年訪れる激しい暴風雨のように砲弾が頭上から落ちてきた。この様は、鉄の暴風のようだったと語り継がれてきた。

米国は、東側の大国との密約を悔いてか、同国が本格的に参戦してくる前に戦争を終結させるべく悪魔の爆弾を投下した。本土防衛決戦で一撃を与えて和睦するという希望的戦略は木端微塵に粉砕され玉音放送で終戦となった。

世界地図を広げて見るとすぐに理解できることだが、沖縄本島は米国にとって東側の大国と対峙するに絶好の場所に位置していた。それでこの地を要塞化し、不沈空母とすべく巨大な軍事基地を建設し事実上の植民地として統治した。この間、軍人・軍属の事件事故が頻発したことから、県民は激しい復帰運動を展開してきた。

ある日、基地の街で軍人が起こした交通事故の処理を巡って住民の怒りが爆発し暴動状態になった。

米国の情報機関は、現状のままだと激しい抵抗運動で安定的な統治が困難となりかねないとの兆しを感じたようだ。広大な軍事基地の安定的な利用継続ができることを条件として施政権を返還した。

この数奇な歴史のせいか、この島はいつも揺れ動いている。何か変動の兆しがあると特に揺れが激しくなる。

県民の深層心理のなかには、琉球処分や米国の占領統治下におかれた怨念が潜んでいるのかもしれない。

ある地元紙は、新政府の「琉球処分」は国際法違反だと断じ、沖縄県が一地方県という枠組みにある限り、多数決原理の下、米軍基地の存続を常に強制されるから自己決定権の回復以外、解決の道はないと結論付ける。

この意図は、独立国となるという直接話法ではなく、「自己決定権の回復」という実に心地よい響きをもった言葉で県民の深層心理に働きかけるという巧妙な情報操作のように思えてならない。


携帯が突然ウオーウオーと歌いだした。俺の好きな曲の前奏部のフレーズだ。思わず口ずさみながら通話ボタンを押した。

「どうしてすぐに出ないのですか？　即応が記者の命でしょう？」

優海のきつい口調で記者モードのスイッチが入った。

「ごめん、ごめん。何かあったの？」

「刑事から米軍属の人が大型ジープを暴走させ重大事故を起こした。現場で軍警察と県警がもめている。すぐに取材に来てくれないかと緊急連絡が入ったんです」

「現場で軍警察と県警がもめている？　どういうことだ？」

「私も詳しいことは知りません。刑事の言葉をそのまま伝えただけです」

「分かった。とにかく急ごう。事故現場は？」

「高速インターの出口付近らしいから、すぐに向かえば十五分程度では行けるはずです」

「俺の車を出す。ナビ役を頼む！」

俺は、地下駐車場から社用車を出して、優海を助手席に乗せすぐに走り出した。優海は事故対応について説明を始めた。

「事故現場で県警が加害運転手を逮捕しようとしたら加害者はその場から軍警察に電話したようです。すると軍警察官がすぐに現場に来て、この事故は軍属の公務中の事故なので捜査権限は軍警察にある。現場保存のうえ逮捕は待つようにとの指示があったらしいの」

「なぜ捜査権が米軍にあるのだ？」

「軍人・軍属の事件事故に関する基本的な理解が十分でないですね。本土からくる記者は、ほぼ全員、地位協定について学んでくるので説明は不要なのですが、準備もないままの転勤で、勉強不足ですね」

琉球王国の歴史について学び、戦後から最近までの政治的な動きについては頭に入れてきたつもりだった。だが、米軍人・軍属の犯罪現場における身柄引き渡し問題や捜査権限についての詳細なことについてはいまだ勉強中であった。

運転中なのでネット検索ができない。仕方がないので優海の講義を受けることにした。

「地位協定は改定すべきだという論者がいるのは承知しているが、何が問題なんだ？」

「改定論者は、公務中の事件事故であれば米国が第一次裁判権を有していること。それと公務外の事件でも被疑者の身柄を軍警察が確保していた場合には、起訴されるまで身柄を預かるので日本側の捜査が制限されることが大問題だと批判しています」

「公務中の事件事故だとの判断は誰がするんだ？」

「現在の運用では、指揮官が公務中の事故だと宣言すれば、県警には異議申立権は認められていないようです」

確かにおかしい。公務中の事件事故だと宣言するだけで、第一次裁判権が米軍にあることになる。その結果、県警が捜査ができないというのは大問題のように思える。

この件については、詳しく調べる必要があると感じたが、事故現場に到着したため、この議論は中途半端で終わってしまった。

優海は、現場にいた刑事と思しき人物に何か質問をしていたが、しばらくして俺を呼んで、刑事に簡単な紹介をして事故状況についての説明を受けることになった。

「被害者は、すでに救急車で運ばれたが、おそらく助からないだろう。ただ、救急隊員が駆け付けたときには、まだ意識があって一言、〝彼よ〟と言ったそうだ」

「彼よって……？」

「まるで意味不明というほかないですなー」

先ほどまで事故現場に加害車両と思しき大型ジープが事故当時のまま走行車線の中央

部に停車していたが、軍警察官の指示で加害者が、運転して現場から離れたそうだ。

被害車両は、後部がめくれ上がるように大破し進行方向右端の路肩に乗り上げていた。頑丈な大型ジープの追突の衝撃で後部が大破すると同時に路肩に弾き飛ばされたのであろう。

現場では、これ以上の詳しい事情は得られそうになかったので引き上げることにした。

優海は地元警察に顔が利くので、そのまま県警本部に向かった。

俺もこの記事をまとめようと思ったが、本社では、おそらく、たかが米軍属が起こした交通事故として没記事になるであろうと思うと力が入らず、通り一遍の記事を作成して送信した。案の定、没になった。だが、翌日の地元紙一面には、この事故が大々的に報道されていた。

米軍属運転の大型ジープが普通乗用車に追突事故を起こした。被害者大倉藍子(22)は病院に運ばれたが胸部骨折、頭部損傷がひどく死亡した。県警が加害者を逮捕しようとしたが、米軍警察官より公務中の事故であると主張され、身柄は拘束されることなく軍警察官の簡単な事情聴取後、その場から加害車両を運転しての移動が許された。

この記事に続けて地位協定の問題点が解説されていた。さらに県知事のコメントとして、「県民が死亡するという大事故なのに加害者を逮捕もせず、取り調べも出来ないというのは、まるで占領統治下のようだ。政府は一日も早く地位協定を改定すべきだ」と抗議したとの記事が付加されていた。

　俺は、優海より地位協定について勉強不足だと皮肉られたことを思い出し、早速、資料室から地位協定に関連する本を数冊借り出し要点を整理してみた。

　改定論者が問題であると指摘する「米軍人・軍属の公務中」の事件に関する第一次裁判権については、「米国は、軍隊の構成員又は軍属に対して裁判権を行使する第一次の権利を有する」と規定されていた。

　現在の法制度が整備された時代にあって、何故、このような規定が存するのか疑問を抱いた。

　記者の悪い癖がもたげてきた。小難しい文献を読み解くより専門家に教えを請うほうが早いと決め、俺のセクハラ事件を担当してもらっている弁護士谷口俊一郎に電話した。昼食時であったせいかすぐに繋がった。

「やあ！　先輩、セクハラ事件のせいで沖縄に飛ばされ暇を持て余しているという噂ですが、どうですか」

「信じられないだろうが、聖人のような健康的な生活をしている。毎週末は海中で魚と戯れているよ」

「なんですか？」

「スキューバダイビングの虜になって水中散歩しているということ。ぜひ君も時間を作って遊びに来たらいい。人生観がかわるよ」

「大袈裟ですね。それはそうと要件は？」

「例のセクハラ事件の話ではない。教えてもらいたいことがあって電話したんだ」

「改まっての質問ですね……」

「地位協定問題の件で電話した。ある国の軍隊が紛争地域に派遣され公務中に事件事故を起こした場合の裁判権について教えてもらいたいのだ……」

「基本的なことですね」

「少しだけ調べてみたのだが、一般国際法上、駐留を認められた外国軍隊には特別の取決めがない限り接受国の法令は適用されないのが原則だそうだね。その理由を教えてくれ」

「法制度は、万国共通ではないことは承知していますね。特に刑事訴訟手続きにおける被疑者から自白を獲得する手段としての取り調べ方法に関してですが、いまだに強制拷問を許す国もあります」

「確か中東の諸国では、現在でも拷問的な取り調べが許されており、斬首刑という残虐な刑罰が執行されているというニュースを聞いたことがある」

「日本国は、原則、海外に軍隊を派遣することはありませんが、米国は、世界の紛争地域に軍隊を派遣していますね。この時の軍人の権利というか人権のことについて考えてみて下さい」

「もっと分かりやすく説明してくれないか」

「では、仮定の事例で説明しましょう。米軍人が某紛争国に派遣され、軍務命令でパトロール任務遂行中に建物の陰から飛び出してきた人物を敵対勢力の兵士が攻撃してきたのだと信じて発砲し殺してしまった。被害者は、男物の衣服を着用していただけの現地の少女であった。このような事件が起きた場合、第一次裁判権が接受国にあるとしたら、どういう問題が生じると思いますか？」

「殺人事件として現地の警察が軍人を逮捕して現地の法律で裁判することになるだろうね」

「第一次裁判権が現地にあれば、そうなります。もし先輩が弁護人であれば、どうしますか？」

「正当防衛であるから無罪であると主張して争うだろうな……」

「紛争地域の刑事法制度は、極めて不公正であるとか、捜査段階での強制・拷問が許されており非人道的だとの指摘がなされています。このような国の法律で裁判を受けたいですか？」

「恐ろしくて、逃げ出したいな。日本と全く同様な法制度下での刑事裁判手続きを進めてもらいたいよ」

「実は第一次裁判権が派遣国軍にあるか接受国にあるかの問題は、このような事件処理を想定してのことなんです」

「自国が派遣した軍人の人権をいかに保障するかの理念・国家の威信が問われているということかな？」

「そうです。現地の警察官らの強制拷問により米軍人が『建物の陰から飛び出してきた人物は、発見した時点で無防備な少女であると気づいていた。発砲したのは上官に怒られ苛立っていたせいだ』と虚偽自白をさせられますと典型的な殺人罪となります。この事実認定を理由として死刑判決を受け、斬首刑という残虐な刑罰が執行されでもしたらどうなりますか？」

「おそらく、米国は世界に向かって自由と人権擁護を訴えているのに自国のために身命を賭して忠誠を尽くす軍人に対し、米国内で保障されている基本的人権すら擁護することができなかったとして米国民のみならず世界中から非難を浴びるだろうな……」

「私も同感です。米国民である軍人の基本的人権の擁護という近代国家の理念に深く関わる問題といえます。ですから一般国際法上、軍人らの第一次裁判権は駐留軍にあるとされているのです。ご質問の地位協定の規定は国際法に基づいていますので、必ずしも不平等なものと非難される謂れはないと思いますね」

「では、公務外での事件については、どうだ」

「地元の警察が逮捕すれば、通常の事件として処理されますよ」

「警察が逮捕する前に米軍が身柄を拘束している場合にどうなるかについて聞きたいのだよ」

「地位協定の定めによれば、公訴提起されるまでの間は、米軍が引き続き身柄を拘束することになっていたはずです。改定論者は、もっぱらこの規定が不平等だと非難しています」

「日本の法律で裁かれることになっている事件について、何故、すぐに身柄を引き渡さないのだ？　身柄の確保がないままの取り調べでは、事件の真相の解明が困難となるように思えるので問題だと思うのだが……」

「二十数年前、沖縄で米国の軍人・軍属らが少女を拉致し集団強姦するという極悪非道な犯罪が発生しました。県警が被疑者らの身柄の引き渡しを求めましたが、米軍が引き渡さないという高圧的な対応をとったことから県民の怒りが爆発しました。このとき地位協定は抜本的に改定されるべきだという抗議の声が大きくなりました」

「安全保障条約体制を揺るがせかねない外交問題、政治問題にまで発展していったなー」

「そうです。この抗議のための『総決起集会』が超党派で開催され実に多数の参加者で会場が埋め尽くされたというニュースを私も覚えております」

「さすがに両国政府ともに、この抗議が全県民の怒りの声となることに怯え、住民が予想もしていなかった普天間基地返還が移設条件付きで合意にいたったのだよな」

「そうでしたね……」

「このような悲惨な事件が再発すれば、再び大問題となるであろうことを承知しているのに何故、いまだ地位協定の改定がなされていないのだ……」

「いいえ、事実上の改定はなされています。県民の反基地感情の高まりを無視できないものと考え、『殺人又は強姦という凶悪な犯罪の特定の場合に日本国が行うことがある被疑者の起訴前の拘禁の移転についてのいかなる要請に対しても好意的な考慮を払う』との運用改善を行っています」

「運用改善ができるのであれば本格的な改定もできそうに思えるのだが無理なのか？」

「実は、この問題については政府も正面切って米国と交渉できない事情があるように思います」

「どういうことだ？」

「米国政府から見ると日本の刑事法制度は、いまだ二流国と判断されているのです」

「俺の感覚では日本の法制度は、先進国並みに整備された立派なものと思っているのだが違うのか？」

「米国最高裁裁判所が被疑者の憲法上の権利であると宣言した捜査段階における弁護人立会権の保障がないことなどを理由としていまだに二流国と判定しているのです」

日本国の刑事訴訟法手続きが二流国並みだとの話は初めて聞いた。俺の感覚では、わが国の言論の自由は高度に保障されており、刑事被疑者・被告人の人権保障制度もまた世界最高水準の段階に至っていると信じて疑わなかった。

だが米国政府からみれば、日本の刑事法制度はいまだ取調べ段階における弁護人立ち合い権を認めていない。起訴後の保釈制度にも欠陥があるから後進国と判断されているようだ。

確かに冤罪事件だとして今なお争われている多数事件の問題点は、長期間の身柄拘束によって獲得された虚偽自白にあるとされている。捜査官が描く犯罪ストーリーに被疑者の自白を強要していることが冤罪の原因だと強く非難されている。いまだに自白偏重の捜査がなされているのだ。

人権保障の最後の砦と評されている裁判所にしても被疑者・被告人が全面否認したままだと罪証隠滅の虞があるとして、検察庁との阿吽の呼吸により長期間の身柄の拘束を正当化してきた。

人質司法と揶揄される制度が実務を支配しているのだ。

人質司法、一般人には耳慣れない言葉であろう。簡単に言えば、被告人が自白するまで罪証隠滅という抽象的な危険性を理由として、被告人の超長期の身柄拘束を容認する現行の刑事裁判制度のことだ。

強制的な取調べを未然に防止すべく、録音・録画を含めた取調べの可視化という制度改善は、ほぼ実現しつつあるが、自白するまで身柄を拘束するという人質司法を改善すべきとの声はあまりにか細い。

人権保障状況に関し全国民に真実を報道すべき責務を負担しているはずのマスコミも正面切って被疑者取調べ段階における弁護人立合権を認めるべきだという見解は見られない。

国民の安全安心を保障するためには犯罪者を確実に検挙のうえ有罪とすることが絶対に必要だとの価値観に支配されているように思えてならない。

一体どの程度の国民が、国連の拷問禁止委員会より、被疑者の取り調べの全期間を通じた弁護人との秘密アクセス権等の保障が不十分とか、刑事捜査が中世時代のような自白偏重捜査に頼りすぎではないか等々の改善勧告を受けていることを知っているであろうか。

この責任は俺も含めたマスメディアが国民の知る権利の負託に応えきれていないためではないかと猛省せざるを得ない。

このようなことを考えながら俺は質問を続けた。

「運用改善後は問題が生じていないのか？」

「殺人事件については、起訴前の身柄引渡しに協力しているようですが、婦女暴行事件などでは拒否しており問題だと非難されています」

「それなら抜本的な改定が必要ということではないか？」

「そうですね。実は、日本政府は運用改善の見返りに、米兵容疑者が起訴前に身柄の引き渡しされた場合、米国司令部代表者、実務では法務官・弁護士の立会を認めるという特例措置を認めさせられているようです」

「どういうことかね」

「地位協定を抜本的に改定すべきだと主張するためには、米軍人被疑者らの当然の権利として弁護人立会権を認めるということにならざるを得ません。現行刑事訴訟法の大改正問題に取り組む覚悟が必要となるということです」

「このような難題を回避するために運用改善でお茶を濁してきたということか？」

「そう理解すべきでしょうね」

地位協定の改定問題を真正面から議論すると刑事訴訟法制度の法改正が必要となりかねないということは理解できた。

では、米軍指揮官による公務認定について疑義があるときに、日本側に異議申立ての権利を認める等の運用改善がなされているかについて質問した。

「公務中の事件事故であるとの判定が争われたことはあるのか？」

「古い事件ですが、群馬県の米軍演習地で米兵が主婦を射殺した事件で第一次裁判権をめぐり争われ政治問題となったことがあります」

「沖縄ではなく本土で問題となったのか。一体、どんな事件なんだ」

「在日米軍相馬が原実弾射撃演習地で、米軍兵士ジラード特務兵が薬莢拾いで演習地内に立ち入った主婦を背後から空薬莢を発射して即死させました。悪質な犯罪であるとして米軍への批判が高まりました」

「実弾演習中であれば公務中事件として米軍に第一次裁判権があるのでは？……」

「米軍の主張はそうでした。捜査の結果、この事件は休憩時間中に故意に背後から発射した犯罪であることが明らかになり、日本政府としても公務外事件であるとして第一次裁判権は日本にあると主張せざるを得ないことになったのだと思います」

「米軍も納得したのか？」

「最終的には、応じていますが、どうも密約があってのことのようです」

「密約ですか……」

「外務省が情報公開した対米外交文書によれば、米兵ジラードの日本での裁判権を認める代わりに殺人罪ではなく傷害致死事件で起訴する。可能な限り判決は軽減されるようにという内容だったようです」

「密約は実行されたのか？」

「検察官は傷害致死事件で起訴しております。判決も懲役三年、執行猶予四年という異例に軽い判決なので実行されたと解してよいと思いますね」

「日米地位協定は司法の独立をも脅かしているのか……」

「結果から推測すれば、そうだと言えますね」

「沖縄で問題となったことは？」

「昭和四十九年七月十日に、伊江島の米軍補助飛行場内で草刈り中の地元青年を米軍兵士がトラックで追い回し信号用の銃で狙撃し、負傷させた事件があります」

「この事件は公務外事件として処理されたのか？」

「さすがに米軍も米兵が無防備の青年を追いかけまわして信号砲で至近距離から狙撃するといった行為が公務中の事件であると主張できません。それで、当初、公務外事件として県警による逮捕状に基づく身柄引渡しに応じるという方針でした」

「県警に逮捕され那覇地方裁判所で裁かれたのか？」

「いいえ、実に理不尽なことですが、突然、国務長官発の緊急電で『公務証明書を発行せよ』と逆転決定され、外務省の抗議を無視して第一次裁判権を強引に米軍に移管させました」

「逮捕状の執行はできなかったということか？」

「そうです。伊江島青年狙撃事件の最終処理は、日本政府と米国の密約で裁判権を放棄、被害者補償すらなさないという異例な対応で終わったようです」

「日米防衛外交問題は、実に密約だらけのようだね……このような事例説明を聞くと、『公務執行中』の認定について疑義がある場合の異議申立を可能とする手続きについての改定は必要のはずだが、なぜ議論がなされていないのか？」

「おそらく現在時点においては、米軍が公務認定について慎重な対応をとっているからだと思われます」

「公務認定問題で、密約はないのか？」

「機密解除された米国側の公文書に、飲酒運転で事故を起こしても、それが公の催事の帰り道であれば『公務中』に当たり、日本側は裁けないという秘密合意が存在していたようです」

「この合意は改定されたのだろうね？」

「飲酒運転について厳しい批判がなされるようになった昨今の社会情勢を踏まえまして、最近になって両政府は、『公の催事での飲酒』の場合も含め、いかなる場合であっても『公務外』とみなし、第一次裁判権は日本側にあるとすることで合意しました。これも運用改善の一例と言えるでしょうね」

俺にも地位協定の問題点がおぼろげながら理解できた。

だが、公務認定によって県警が事件捜査すらできないということは大問題であることに改めて気づかされた。また、日米安保体制を維持するという目的のために密約が繰り返されていることに憤りを覚えてしまった。

四

優海は追突事故の取材を続けている。

被害者が大学を卒業したばかりの未来ある若き女性で、しかも婚約中という幸せのさなかで突然、命を失ったことに、同じ女性としての憤りを感じているようだ。この取材経過の報告を受けているおかげで俺も事件の詳細を知ることができた。

米軍司令官より、公務中の事故であると宣言された以上、県警には何らの捜査権限もない。逮捕はもとより捜査を続行して起訴することすらできないのだ。

優海は取材の過程で、加害運転者が海軍病院の医師マシュー・アダムスであること、しかも彼は、被害者大倉藍子にストーカー行為をしていたらしいとの情報を入手した。それで偶然の交通事故であることに疑問を抱き、真相を解明すべく執念を燃やし始めた。

警察関係者からの取材情報を総合すると、ストーカー行為に身の危険を感じた藍子は県警察本部に何度も訴えていたようだ。

マシュー・アダムスとは友人の誘いで参加した基地内のパーティで知り合い、何度か食事も一緒にしたことはあった。ある夜、突然、抱きつかれ強引にキスを迫られたので強く断った。以来、怖くなって電話がかかってきても無視、メールにも一切返信しなかった。すると、怒り出し留守電に脅迫的な伝言を残す、アパートに待ち伏せする等の行為を反復し始めた。このままだと暴力行為に及んでくるのではないのかと怯え、助けて欲しいという相談内容だったようだ。

ストーカー規制法が改正され「つきまとい等の行為があり、かつ反復のおそれありと認める場合には、警察署長等による警告を経ずに、公安委員会が聴聞を経た上で禁止命令を出すことができる」ことになっていた。

公安委員会は、藍子の申し出を受けて禁止命令を発しようと準備していた矢先に本件事故が発生したのだと弁明していた。

この事実は、いつしかマスコミ関係者に知られ、担当警察官らに対応の遅れがあったのではないかとの非難の声があがった。

ストーカー規制法に詳しい弁護士に聞いたところ、確かに県警の対応は迅速になされていたが、不幸なことに禁止命令が発令される前に事件が発生してしまったようだ。

優海より突然の電話が入った。

「今、どこですか？」

「もちろん、会社。そろそろ終わりにして晩飯をどこで食べようか思案中」

「なら、私につき合ってください……」

「食事に？」

「違います。取材です。例の被害者の友達が会ってくれるというので待ち合わせ場所に向かいます。車を出してくれませんか？」

俺は助手席に優海を乗せ、指示されるままに運転した。

基地の町に向かっているようだ。美浜という地区の海辺のレストランが約束の場所だった。彼女を先に降ろし所定の駐車場に車を片付けてからレストランに入った。

自動ドアの先には、高めの丸テーブルが数個、無造作に置かれており、外人の男女客数名がビールジョッキを傾けていた。英語が飛び交っており異国に来たような印象をうけた。中に入るとテラス席と部屋との仕切りがなく目の前に海が広がっていた。レジャーボートが眼前の護岸に停泊しており、港町の雰囲気が漂っている。

奥の席で優海は女性客に名刺を渡していた。

彼女たちは、俺が来ることは知らなかったようだ。一瞬、不安の表情を浮かべたが、優海が「この方と一緒に藍子さんの事件を取材しています。ご一緒してもいいですか」と断りを入れた。

　俺はメニューを示し、「お好きなものをどうぞ」といって、彼女たちの希望を聞いて注文した。しばらくは、ウエイトレスもこの席には近寄らないはずだ。優海は取材ノートを広げて質問を始めた。

「あなたたちは、藍子さんの同級生でしたよね？」

　小中校が一緒とか大学時代からの友人だとかまちまちであったが、共通点は、最近まで基地内での英会話サークルに参加していたメンバーということだった。

　今日の取材の目的は、このサークルにいたマシュー・アダムスの人物像を知るためであった。

「マシュー・アダムスは、どんな人でしたか？」

「一見、素敵な人かな」

「いいえ、神経質な人というべきよ」

「ちょっと気持ちの悪い人だったわ」

　彼女たちは、一人ひとりが順番に答えるというのではなく、ほぼ同時に話し出すので、よく聞き取れない。それで優海は彼女たちの中で落ち着いた印象の福島奈美子から聞くことにした。

「見かけはイケメン。年齢は三十代だと思う。海軍病院の医師だけど元軍医とか言ってたわ」

「なぜ彼が英会話サークルにいたのですか？」

「地元の女性をゲットするために参加していたみたい」

「ゲットとは遊び相手を探していたという意味、それとも婚活ですか？」

「両方かな？　でも、外人さんは、ほぼ全員、遊び相手を探しています」

「マシューが、藍子さんと交際するようになったのは？」

「彼女はスタイルがよくて美人だし、英語が流暢だからかな……」

「どの程度のつき合いでしたか？」

「せいぜいお茶する程度だと思います。食事に誘われたこともあったようだけど迷惑がっていましたね」

「彼との交際をやめようとした事情は、ご存知ですか？」

「基地内のパーティに招待された帰りの車の中で、強引にキスされたみたい。それで怖くなって、英会話サークルもやめて彼との連絡を一切、絶ったと言っていました」

「このことを知っている人は？」

「ここにいる私たちは相談を受けていたので知っていましたけど……」

「つきまとわれて怖いという相談は？」

「警察に相談しているということは聞きましたが、詳しいことは知りません」

優海は「ストーカー行為の件について知っている方はいますか」と問いかけた。

小柄でショートヘアーがよく似合っているボーイッシュな感じの山口由紀が小声で
「私、知ってます」と答えた。

「小中校と一緒の幼馴染なので、私には何でも話してくれました」

「どんなことを？」

「最初は、優しい人だと思っていたみたい。ところが彼の目的は財産目当てのようだと気づいて嫌気がさしたって」

「財産目当て？」

「藍子は、資産家の娘なんです。親の財産を狙って近づいてきたのかも知れないと言っていました」

「藍子さんと結婚する気でいたということですか？」

「そうだと思います。藍子さんが連絡を絶った途端、態度が豹変したようです」

「怯えていたんですか？」

「彼は数年前は軍隊に所属していた軍医だったそうなの。紛争地域のどこかの国でテロリストとの戦いに参加していたことがあって、そこでテロリストを何名も殺したことがあるんだって……」

「脅かされていたのですか？」

「藍子が連絡を絶った後、メールとかで脅していたみたい。『彼はサイコよ。頭がよくて、話上手だけど、心の底は冷酷で、自分が殺したいと思ったら計画的に実行できる本当に怖い人』だと話していました」

「サイコとは、サイコパスのこと？」

「たぶん、そうだと思います」

「暴力を受けたりしたのかしら……」

「帰宅時に車で追跡されて大事故になるのではないかと思うような出来事があったと聞いたことがあります。それと家の前とか、レストランで食事をして帰ろうとしたとき、突然、現れたことがあったそうです。全身から冷や汗が出るほど怖かったと話していました」

「彼女が婚約したことは知っていたのですか？」

「知っていたと思います。サークルのメンバーから噂話を聞けますから……」

「それで逆上したのですか？」

「彼は自信家なので、プライドが大きく傷ついたはずです。それに結婚して親の財産をゲットするという計画も失敗に終わったし……意図的に交通事故を起こしたのかも知れません」

山口由紀の目から、涙があふれた。

俺は、大倉藍子がマシューを「サイコよ」、つまりサイコパスと評していたことに驚きを禁じえなかった。

サイコパス。犯罪心理学者の定義によれば精神病質者あるいは反社会的人格障害者と呼ばれる特殊な人物。主な特徴として、極端な冷酷さ、無慈悲、自尊心が過大で自己中心的、言葉巧みで表面は魅力的、罪悪感が皆無という特質を有している。

最高の頭脳で狂気の連続殺人を実行しながら罪の意識すら持たない冷酷非情な人物ということだ。

犯罪心理学という言葉すら知らないはずの、ずぶの素人である彼女たちが語るマシューは、主要な点でサイコパスである可能性が高いことを窺わせた。

接した人間しか理解できない恐怖を藍子は感じたであろう。

「彼はサイコよ！」の一言が持つ重みを実感したが、これをこの場でどう説明すればよいのか。むしろ彼女たちが経験したマシュー・アダムスの人物像に興味が膨らんだ。最後の一人高木幸江から何が聞けるかだ。彼女は彫りの深いうちなー風の大らかな印象の女性だった。

「高木幸江さん、何か付け加えることありますか？」

「由紀の話を聞いて思い出したことがあります」

「何ですか？」

「ある飲み会でのことです。話のなりゆきはよく覚えていませんが、『僕は海軍病院に勤務する医師だから犯行に及んでも警察には逮捕されない方法を知っている。だから恐れるものは何もない』と自慢していました」

「どういうことですか？」

「私、新聞で読みました。公務中の事故だから日本の警察は逮捕取調べができないそうですね。彼が話したのは、きっとこのことではないのかと……」

「犯罪に及んでも逮捕されない方法を知っていると言ったのですか？」

「ええ、自信満々に話していました」

「逮捕されない……？」

「このときは、何の話をしているのかわかりませんでしたが、今になって交通事故を起こしても、彼は医師だから逮捕されないという意味だったのかなーと思いました」

女性の直感力はすごい。何気ない会話の断片から脈絡なくこの事故に結び付けることができるのだ。

俺ならどうか。おそらく外人の意味のない抽象的な言葉から意図的な追突事故だと結びつくような思考回路は持ち合わせていない。

常識的には妄言と思えるが、彼女らの見立てが真実かも知れない。ごく普通な生活をしている藍子の友達らは、いずれも鋭い感性でマシュー・アダムスの人物像を浮き彫りにしてくれた。

彼が天才的な頭脳を持ったサイコパスだったとしよう。地位協定で定める「公務中の事故」を装えば、日本の警察は手も足もだせない。米軍警察は彼の弁解を信じて、単純な交通事故として処理するだろう。彼の優秀な頭脳で計画された犯罪であるとは思いもつかないはずだ。

だが、マシューの自信過剰な一言によって偶然の事故ではなく意図的な追突事故かも知れないという疑問が湧いてきた。

俺たちになにができるであろうか。

優海の怒りは頂点に達しかけていた。米軍が一方的に公務中と宣言すると県警が捜査すら出来ないという地位協定は絶対におかしいと息巻いていた。

この場で俺が公務中の事件事故の第一次裁判権が派遣国軍にあることは国際法的に問題がないとか、米国政府から見ると日本の刑事法制度は、二流国だから米軍人・軍属を日本の法律制度下で裁くのは容認出来ないと説明などしようものなら即座に罵倒されるに違いない。

それで帰途の車中では彼女の怒りがおさまるまで、無言で聞き役に徹した。

五

この事故が意図的な追突事故だと決めつけるには決定的な証拠が足りない。優海がどんなに息巻いても交通事故を装った犯罪だという記事にはできないのだ。

髭マスターの知恵を借りようということになった。

名前は仙波透だそうだが、本名であるかどうかは定かでない。

数十年年前、沖縄県に移り住み会員制バーを開く。ダイビング教室の経営権を買い取る。優海の話では、弁護士も顔負けの法律知識をもっており、時に弁護士らに的確な解決策を教示してくれたこともあるそうだ。

この日の相談場所は、会員制バーの隣にある通称「よろず相談所」と呼ばれている小さな会議室だった。

「よろず相談所」とは、髭マスターが悩みを抱えた庶民のために、ボランティアであらゆる相談にのるという活動をしている拠点だそうだが，会議用テーブルが置かれているだけの簡素な部屋だった。

　優海は、髭マスターの正面側に座り、直ぐに要件を切り出した。

「実は、先日新聞報道された米軍属の追突事故の件で相談にきました。公務中の事故ということで、県警は手も足も出せません。私が取材した結果によると偶然の交通事故とは思えません。ひょっとすると殺人事件ではないかと疑われてなりません」

「殺人事件？　これはまた穏やかな話ではないですなー」

「一般的に交通事故は偶然に発生するものですよね」

「そうだな……」

「当該事故の加害者と被害者に個人的なトラブルがあったという事実が明らかになった場合、どう思いますか？」

「何かしら犯罪の臭いがしないでもないなー」

「そうでしょう。どうにかして公務中の事故であるとして一件落着させずに疑惑を解明できないかという件で相談にきたのです」

「現在の地位協定では、県警には手も足も出せないなー」

「そこを何とか、公務中の壁を突き破り、意図的な犯罪行為だと暴く手法がないでしょうか」

髭マスターは、目を瞑《つむ》り天井の方に顔を向け思考を巡らせているようだ。彼には地位協定について問題提起した経験があるのであろうか。やがて柔らかな口調で話し始めた。

「正直、無理だと思いますが、真相解明の手がかりくらいでよければ方法がないわけではないような気がしますな……」

「この方法とやらを教えてくれませんか」

「私の案は、裁判提起とかが必要になるので、ここから先は弁護士と相談して欲しい。流石に私も裁判提起までのお手伝いはできない。弁護士を紹介したいと思うがどうか？」

「是非、お願いします」

「優海も知っている中堅弁護士だよ。ボートダイビングで一緒に潜った岩城剛志さん。覚えておられますか？」

「彼ならお店で何度かお酒を飲んでいますので……」

「彼は俗にいう人権派弁護士だから国家権力と対峙した裁判も恐れずに取り組んでくれるはずだ。私の考えを伝えておくので彼に相談してみたらいい」

優海は納得した様子でその場から岩城弁護士に電話をかけ面談の日時を予約した。

彼の事務所は裁判所の真向かいにあった。入口ドアを開けるとカウンターがあり、その奥が事務局の執務室で数名のスタッフが山積の記録に埋もれて仕事をしていた。

優海が岩城弁護士と面談したいと告げると右手奥側にある相談室に案内された。小さな会議用テーブルが中央部におかれただけの簡素な部屋だった。すぐに岩城弁護士が入ってきた。年齢は四十歳くらいか。ガッチリした体格で精悍な顔立ち。真っ黒に日焼けしていた。優海の飲み友達・ダイビング仲間でもあるらしい。要件については、髭マスターが事前に電話で概要説明をしておくということだったので、緊張感のない面談となりそうであった。

「最近、潜っていますか？」

「暇がありません。おかげでストレス太り気味ですよ」

「ではゴルフでも始めましたか？」

「残念、当事務所の方針でゴルフは自粛中です。先日、例の基地問題の反対活動家が逮捕されたという記事があったでしょう。最近、座り込みをしている埋立反対の活動家を強制的に排除する動きがあるので行き過ぎがないかを現場にて監視をしているんだ。それで真っ黒になったわけ」

人権派と称されている弁護士らは、活動家のために野外での支援活動もしていることを知った。

隙のないスーツ姿で企業経営者らの相談に乗っている都会の弁護士を見慣れている俺からすれば目の前にいる弁護士は別人種に思えた。

いつものように優海が質問するのを黙って聞くことにした。

「髭マスターから電話がありましたか？」

「優海さんが相談に来るはずだ。軍属と国を相手方とする裁判を担当してもらうことになるはずなのでよろしくということでした」

「民事裁判を岩城先生にお願いすることになるのですか？」

「先日、新聞報道されていた軍属マシュー・アダムスの公務中の事故は、公務を装った犯罪だという問題提起をして欲しいという相談だと聞いているのですが……」

「いいアイデアがあるのですか？」

「国とマシューを被告とする民事の損害賠償請求訴訟を提起するというのが最良の策だと思います」

「公務中の事件・事故という地位協定の大きな壁を突き破り県警に捜査してもらうことができないかという相談でしたのに、民事裁判ですか？」

「県警に捜査してもらうというのは正直、無理です。それで民事裁判を提起して真相に近づく努力をしてみる方策しかないと思います」

「その方策とやらを教えてくれませんか」

「事件が発生したばかりだからまだ損害賠償請求事件が示談で終了しているということはありませんよね」

「そうだと思います」

「公務中の事故に関して損害賠償請求訴訟を提起する場合の相手は米軍ではなく日本政府となります。国家賠償法と同様に原則、軍人・軍属は個人として賠償義務者となることはありません」

「では民事裁判でも被告にはできないのですか？」

「私の提案は、マシューを個人として被告にし、その請求原因を彼が意図的に追突事故を起こして、大倉藍子さんに大怪我をさせ死に至らせたのだということで、裁判を提起するのです」

「先ほど、国賠訴訟を例にとって公務中の軍属個人に対する賠償請求はできないと説明されたのに被告にすることに問題はないのですか」

「真相の解明のために被告として提訴することは十分に可能です」

「この追突事故が意図的な事故だという報道をしてもいいのですか？」

「勿論です。民事裁判の訴状に請求原因として、記載されている内容を報道するのですから何らの問題はありませんよ」

「先生に名誉棄損罪等とか非難されて迷惑がかかるということはありませんか？」

「御心配にはおよびません。本日いただいた資料のような事実があれば、名誉棄損的な不当訴訟と非難されることはないと思います。要は、被害者のご両親が当事務所に事件を依頼する意思がおありかどうかです」

「私がご両親の了解を得てくれれば事件として引き受けて頂けますか」

「国が賠償責任の主体ですので、勝訴すれば確実に回収できます。また事案の性質上、地位協定の問題点を浮き彫りにできる絶好な素材とも言えますので無償奉仕する覚悟で取り組ませて頂きます。実に頑張りがいのある案件ですね」

優海は、大倉藍子の相続人と縁も所縁もないはずなのに勝手に事件を依頼するかの如き話をまとめた。先走り過ぎではないかと思ったが口に出すことは控えた。

おそらく、彼女は、沖縄流の縁故と伝手《つて》を頼って遺族の両親に面談して本件事件の処理方針についてまで助言するつもりであろう。お節介にもほどがあると思ったが、お手並み拝見と静観を決め込んだ。

数日後、優海はある金融機関の役員の伝手で大倉藍子の両親に会えることになった。

小まめに取材メモを作成しているのでこの事件の展開次第では、特集記事として扱えないか本社に相談するつもりでいた。

俺は優海の指示のままに運転していた。

本道から海側に下るように右折して視界が開けた場所に出た。そこから脇道に進むと彼女は、「ゆっくり走って」と指示を出してきた。琉球の開闢伝説の里に向かっているようだ。

数分後、一般道なのか私道なのかよく分からない道を走ると立派な門構えが見えてきた。相当な資産家の屋敷であることがすぐに分かった。

一瞬、場違いなところへ来たのではないかという不安を覚えた。

玄関前に停車すると彼女は、「会ってくれるか確認してきます」と車から降りた。玄関口のドアホーンを鳴らした。夫人らしき人物が応対していた。やがて、私に向かって手招きしたのでその場に車を止めて玄関に向かった。

六

俺は休みの日は島内を車で走り回っていた。

空港から中心市街に向かうと海沿いに港湾施設が目に付く。かつては軍用車両が所狭しと置かれていたのに今は寂しげな空間の広がりしかない。軍用貨物船も年数回、ここが軍港であることを証明するためにやってくるだけだ。復帰時点で返還が約束されながら代替施設の提供を条件とされたことから、いまだ返還されず遊休施設のまま県民の立入りを断固として拒絶している。

この地の傍に明治橋があり、そこが幹線道路国道五八号線の終点だ。ここから数キロ、北上すると補給基地が左方側に広がっている。手入れされた芝生の奥に細長い倉庫群やコンクリート造の高層建物が見えるが人影はない。時代の変化で物資を送る先がなくなったため利用度が低くなっているのだ。

県知事が政府と強硬な対立方針を撤回することなどを交渉カードとして切り、それを条件として早期返還交渉に尽力すれば代替施設の完成を待たずに返還を実現することが出来そうに思えてならない。

県都に隣接する広大な敷地なだけに早期返還が実現すれば、世界中の投資家が様々なプランを持参して再開発に乗り出してくるであろう。県経済にとっての起爆剤となることは間違いない。

この基地の道路をはさんだ真向かいの県民の生活ゾーンは、老朽化した平屋住宅、その傍に近代的な高層マンション。無計画に建設された不揃いな建築物が隙間なく無秩序に連なっている。

緑に溢れた広大な基地施設と密集した生活ゾーンのコントラストこそが、この島の悲惨な歴史を物語っている。

さらに北上すると県民を二分する論争の原点である世界一危険な飛行場と呼ばれている普天間基地がある。

宜野湾市の中心部に存在しているため小学校、幼稚園が基地の境界を示すフェンスと隣接するなど教育的配慮の欠片もない不合理が放置されたままだ。

最近、軍用ヘリコプターの窓枠が小学校の運動場に落下するという事故が起こった。

児童に被害がなかったので抗議だけで済んでいるが、万が一、重大な人身事故となると怒りの嵐が吹き荒れたことだろう。

県知事の最重要な責務は、この危険性の除去であるはずだが、移設先の豊饒の海を埋め立て新たな基地を建設することは容認できないとの理想論から移設反対の対応に終始しており危険性の除去問題が置き去りにされている。

この基地の北側には、さらに広大な東洋最大の嘉手納基地が存在している。県民が狭隘な敷地を奪い合うように密集して生活しているのに、基地ゾーンだけは緑溢れる広大な敷地に米国仕様の街並みが再現されている別世界なのだ。

住宅ゾーンは、米国の高級住宅地をモデルとして丁寧に手入れされた芝生の庭に囲まれた瀟洒な建物が点在。その近傍には近代的なショッピングセンターにレストラン、シネマまで整備されている。

このゾーンに一歩足を踏み入れると、そこは沖縄県ではない。日本国の統治が及ばない異国であることが即座に理解できる。この生活環境が保障されている限り、米軍は永遠にこの地を去ることはないであろう。

基地内には戦後とか復帰後という時代区分の言葉は無意味だ。統治のあり方に何らの変化も見出し難いからだ。強いて言えば、戦中時の時間が止まったままだと語るべきであろう。

かつては戦災の島とされ慰霊旅行で賑わっていたが、現在は、恩納村、読谷村の青い海と真っ白なビーチ沿いに、高級リゾートホテルが立ち並び、国内有数の海浜リゾート地に変貌している。

鉄の暴風に襲われた悲惨な過去は、観光客の記憶には存在しない。ハワイにはなれなくても島の魅力創造に努めれば訪問客は毎年、増えることがわかった。夢のように思えた一千万人の誘致目標の達成はもうすぐ現実となる。

この島の最北端の岬は、かつて復帰運動の象徴的な場所であった。沖縄県と本土との境界線上で交流集会がもたれていたからだ。

この岬を過ぎて数キロ南下すると太平洋が広がり、海の色も濃紺に変化する。東シナ海に面する西海岸には多数のホテルが建設され観光客で賑わっているが、なぜか東海岸沿いは未開発のまま放置されてきた。朝日より夕日の景色が観光客を魅了するためだそうだ。

だが、二十数年ほど前、大浦湾を望む地に、地元資本によってリゾートホテル、ビラコテージにゴルフ場という大規模開発が行われた。東海岸においても観光客を魅了するホテル開発が可能であることを証明した。

この施設地域から南側をのぞむと対岸に白いコンクリートの建物群が見える。これが沖縄県における最大の政治問題となっている辺野古基地の建設予定地だ。既に埋立工事が着工されているが、反対運動のため遅々として進まず、いまだ完成の時期を見通せない。周辺には人家が少ないから宜野湾市と比較すれば、危険性は大幅に減少するであろう。だが反対派は、高度機能化される新基地建設を容認することはできないという理念を掲げて闘っている。

危険性を除去するという現実の政治課題は、今では議論する価値を失ってしまったようだ。否、この議論はタブーとなった感すらある。

今、危険に晒されている子供たちのために危険性を早急に除去すべきだとして、その解決策を議論すると現計画を容認せざるを得ないことになりかねないからだ。

新基地反対の理想論は理解できないわけではないが、喫緊の課題である普天間基地の危険性除去、即ち宜野湾市民、県民の命に優先する理想論を貫き通してもよいのであろうか。

戦後の我が国の防衛外交の基軸が日米安保体制であることは大多数の国民が容認するところである。

米軍基地は、この条約に基づいて存在しているから沖縄県の反対だけで撤去が可能となるとは思えない。だが反対派は、この現実を意図的に無視し、沖縄県民のみに犠牲を強いる政府の姿勢を差別的であると批判する。ある地元紙は、一地方県からの離脱しか解決策がないかの如き社説を展開する。

移設が論議されて実に二十数年余が経過しようとしている。場所選定、工法、経済的合理性等々の議論をする時間は十分に過ぎるだけあった。

この間、不幸というべきか県外への移設について政治生命をかけて努力した政治家はいなかった。選挙民の大多数が新基地反対派に投票するということで俄か反対派政治家も多数、生まれている。信念ではなく票の行方を占って自己の立ち位置を決めているせいだ。

この問題の原点は、日米安保体制にあるが、県民は安保廃棄を望んでいるのか？

今、この事業を頓挫させたら時間と巨額な税金をどぶに捨てるが如き処理となるが、これで良いのか？

県外に移設受け入れ先が存在するのか？

独立で基地全面撤去が真実可能となるのか？

そもそも県民は独立を望んでいるのか？

県民の負託を受けて現在と明るい未来を創造すべき重大な責務を負担している県知事

は、真正面からこの問いに対峙すべきなのだ。

優海が聞いたら過酷な歴史と県民の心を知らない本土の人間の無責任な戯言だと罵倒するであろう。だが移設問題の真実を客観的に直視すれば、県知事は、この問いを避けるわけにはいかないはずだ。現実を踏まえてよりよい未来を実現することこそが県知事の責務のはずだからだ。

時間の歯車を逆回転させることに精力を傾けるより、民意を背景とした政治的交渉力を最大限に駆使して、遊休化した軍港や補給基地、最大の課題である普天間基地の早期返還ひいては新基地に使用期限を設定する等の条件を認めさせるよう努力すべきではなかろうか。

このような政治の混迷の場所を過ぎて、さらに南下すると琉球王国グスク遺跡群を構成する、地元の中高生が演じる現代版組踊「肝高の阿麻和利」で有名な勝連城址、彼に滅ぼされた護佐丸の居城中城城址がある。

その先の知念岬に王国最高の神職聞得大君が管理した聖地斎場御嶽《せーふぁうたき》があり、最奥部の三《さん》庫理《ぐーい》から神の島久高島が見える。創世の神が最初に降り立った地とされ歴代の王が参詣を欠かさなかった小島だ。

今なお神秘的な行事が執り行われ、至るところに格の高い霊場が存在している。

この島を眼下に臨める場所に本土の芸術家らが移住してきている。

傾斜地の土地特性を上手く利用して神の島を毎朝、遥拝するための瞑想の家まで建築されている。

神の島から立ち上る運気を取り込むためだそうだ。

七

俺の島巡りの成果というべきか、全体像が自然と頭に入っていた。

道路から見る限り民家は、殆どが台風対策のため鉄筋コンクリート造であり、規模的には比較的こじんまりしたものだとの印象を受けていた。

だが、この家は全く違っていた。広大な敷地の中にある豪邸なのだ。一体、この屋敷の主は何者なのだ。被害者大倉藍子が住んでいたのは、ごく普通のアパートだった。この豪邸を見ただけで相当な資産家の娘であったのだと思い知らされた。

玄関に入ると線香の匂いが鼻腔を刺した。この家に謂《いわ》れのない不幸が突如、襲ってきたことを否が応でも気づかされた。白い胡蝶蘭の鉢が長い廊下に所狭しと置かれていたのも悲しみを増幅させていた。

事件後、七七忌は経過しているが、未だ喪に服しているのだ。このようなときに会って話すべきことなのか。非常識ではなかったかと自分を悔いた。

優海の顔も強張っていた。場違いな場所に非礼なお願いをしに来てしまったことを俺以上に後悔しているようだ。

「ご愁傷様です。藍子様の御霊前に線香をあげさせていただけませんか」

夫人は、頷いて静かに立ち上がり仏間に案内してくれた。大型の仏壇には位牌が並んでいた。

夫人が火をつけてくれた線香を受け取り香炉に立て手を合わせた。

その後、案内された応接間には、この屋敷の主らしき人物が待っていた。薄くなりかけてはいるが白髪の紳士。年齢は六十五歳くらいであろうか。威厳に満ちた表情をしていた。

洋風の部屋の壁には赤瓦の懐かしい風景画が飾られていた。この島で著名な郷土画家の作品のようだ。飾り棚には陶磁器や骨董品が無造作に置かれていた。華美にならず、それでいて素晴らしい調度品だと思わせる工夫がされていた。

「私は地元紙の記者をしております神山優海です。彼は本土新聞の支局長です。本日は、お時間を作っていただいて誠にありがとうございます。亡くなられた藍子さんのことで相談に参りました」

彼女の紹介を受けて俺は名刺を差し出した。夫人は、「藍子の母大倉志津恵です。主人の大倉尚忠です」と小声で答えた。

「私どもは藍子様の交通事故の件で相談に参りました」

「どういうことですか？」夫人が問いかける。

「お嬢様は意図的に追突事故を起こされたのではないかと疑っております」

「その根拠は？」

「取材結果をまとめた資料を持参してきました。これを検討して頂ければ、きっとご理解いただけると思います」

志津恵は優海から資料を受け取り夫の尚忠に手渡した。その場で資料に目を通していた。

優海が語り始めた。

「加害者はマシュー・アダムス、基地内の病院に勤務している医師です。藍子さんに一方的に好意を寄せていたようですが婚約されたことを知り逆上してストーカー行為に及んだようです」

「……」

「藍子さんのお友達の話では、マシューの車に執拗に追跡され追突されそうなり、たいへんな恐怖を味わったこともあったようです」

「この事故の目撃者はいないのですか？」

「警察関係者の話ではいるようですが、氏名等の情報は教えてもらっておりません」

「…………」

「一般に交通事故の加害者となった人物は、事故発生の責任を感じて心理的に動揺して右往左往するものです。だが彼は、救急隊が来て警察官に重体ですと報告したのを傍で聞いても驚く様子もなかったそうです」

「事故の詳しい内容については、この資料に記載されているということですかね」

「そうです。できるだけ分かり易く整理したつもりですが、質問がありましたらお電話下さい」

「それで、あなた方は私ども夫婦にどうして欲しいのですか？」

「お嬢様の相続人はご両親様だけになります。それで事故の真相を究明するために是非とも裁判を提起して欲しいのです」

「誰を相手とする裁判ですか？」

「一人は加害者マシュー。そして地位協定の定めにより賠償義務者とされている国・政府となります」

「見通しはどうですか？」

「弁護士の話ですが、政府からは確実に賠償金を獲得できますが、マシューに対する請求については相当に厳しい展開となる見込みとのことです」

「その弁護士は、どんな方ですか」

「これまで米軍相手の裁判を何度も経験している方です。人権派弁護士で正義感の塊のような方です」

「裁判を提起する目的は何ですか？」

優海は、地位協定の問題点を説明した。

「おそらくマシューは、単なる交通事故の加害者として軽い罰を受けることはあっても、犯罪者としては何らの咎めもなく米国に帰国するでしょう。それが彼の計画的な犯罪だとすれば許されることではない。ご家族様にとっても県民にとっても、怒りをもって真相究明すべきだと思います」

終始、無言でいた尚忠が初めて口を開いた。

「私たちも偶然の交通事故ではないと思っていました」

「…………」

「遺品の中に藍子の日記がありました。藍子はマシューに殺されるかも知れないと本当に怯えていたようです」

「そうなんですか？」

「藍子の日記をあなたたちに預けよう。事件の真相究明にきっと役に立つはずだ」

「いいんですか？」

「話はよく分かったので、覚悟を決めて提訴することにしようと思う」

「本当ですか。ありがとうございます」

優海は立ちあがり、藍子の両親に深く頭をさげた。

自分の信念の赴くままに全力で壁に猛進して突破していく。この優海のバイタリティの源は何か。なぜ他人のことにここまで真剣に取り組むのか、謎であった。

訪問の目的は達成したのですぐに帰るのかと思っていたら、優海は、恐るおそる質問をはじめた。

「ご婚約なされたそうですが、お見合いですか」

この質問で尚忠の顔色が変わった。おそらく意にそわない相手だったのだろう。志津恵が目配せして、この質問を引き取って答えた。

「中学時代からの同級生でした。小さな建設会社の営業マンだと聞いていますわ。平凡な生活を望んでいた娘らしい選択でしょう」

これ以上の質問は余りに不躾となるように思えた。二人して「ありがとうございました」と深く頭を下げてこの場を去ることにした。
優海も俺も藍子の日記を預かったことで興奮していた。
一刻も早く読みたくて帰路の道沿いにあるドライブインに立ち寄り読み始めた。

×月×日
高木幸江に誘われ基地内のパーティに参加した。ドレスコードは、セミフォーマルだったので、お気に入りのドレスを着て参加したが、外人の奥様たちの派手なドレスには太刀打ちできなかった。
正装した細身で背の高いマシュー・アダムスさんを紹介された。小顔で柔和な表情。ハスキーな声が心地よかった。

×月×日
彼も英会話サークルに参加することに。一緒に勉強できるなんて本当に嬉しいことだわ。彼から私の発音と表現力は素晴らしいと褒められる。私を見つめる目が素敵。思わず心まで吸い込まれそうになる。

×月×日

彼の経歴を聞く。医学部を卒業後に精神科医となり戦場における人間の恐怖を原因とする心的外傷後ストレス障害の研究のため軍医となった。しかし、ある紛争地域でテロリスト数十名の急襲を受けて、やむなく防戦。このとき隊員の戦闘現場における恐怖・不安を取り除くため暗示話法で鼓舞し続けたので隊員の戦闘能力が高まり成果を挙げた。

自分の行動支配の研究の成果だと自慢していた。催眠療法とかマインドコントロールする能力を有しているようだ。

×月×日

大倉尚忠の娘かと質問される。父が資産家として紹介された記事を読んだことがあるとのこと。

このときの彼の眼の光は、今までと異なっていた。

×月×日

彼に基地内のレストランに招待される。久々に彼の会話の巧みさに驚かされる。

特に戦場で怯えた兵士たちを勇敢な兵士に変身させる彼の暗示話法に関する知識の豊富さには驚かされた。

彼曰く、人を操る能力が人並外れて高いのだそうだ。ちょっと、怖くなってきた。急激に彼に惹かれていくのは彼の特殊な能力のせい？この日の帰宅途中の車中にて強引にキスされた。私の拒絶に彼はどうしてという表情を浮かべていた。「今夜はダメ」と断ったら諦めたようだった。彼と会うのは今夜限りと決める。

×月×日

携帯に電話がかかってきた。食事の誘いであったが理由をつけて、やんわりと断った。この件で石井大悟君に相談。もう二度と電話に出ない方がよいと助言される。それと兵士をマインドコントロールした等と自慢するような人は冷酷な人間だと思うので心を許さないようにと忠告された。

×月×日

ひっきりなしに彼からの着信が入る。応答をしないのなら会いに行くとのメールが届いた。

×月×日

この日、大学のクラスメートとの懇談会が居酒屋で行われた。この席から帰ろうとすると、彼が突然、現れた。驚いて店内に戻った。事情を話して数名の男子にガードしてもらい帰る。

どうして彼は私がこの居酒屋にいたことを知ったのだろうか？　本当に気味が悪い。

×月×日
久しぶりに大悟君と会う。いつも側にいて見守ってくれている人。安心して何でも話せる。

周りから大悟君の初恋の人は私で、いまでも私のことを思い続けていると聞かされていた。

私も気づいていたけど、いい友達のままでいたかっただけ。でも、マシューのような人物に少しでも惹かれた自分の愚かさに比べると大悟君の誠実さに心を打たれてしまう。

×月×日
大悟君と一緒に県警にマシューの件で相談に行く。ストーカー規制法で対処する方向で調査してくれるそう。

受信拒否ではなく、電話に出てマシューの脅迫的な言葉を録音してくれないかと指示される。

また、ラインやメールにも応答して彼からの脅迫メールを保存してくれとの助言に従うことにする。

×月×日

最近は大悟君と毎日、会っている。彼の優しさ、私を思う気持ちの深さ愛情を実感する。こんな気持ちになったのは生まれて初めて。この人が運命の人だったのだと気づかされる。

×月×日

私と彼の親友が私たちの婚約を祝うための食事会を開いてくれた。

この日の深夜、マシューから、私に対し、ビッチとか裏切り者という、言葉が送られてきた。私が婚約したことをどうして知ったのだろうか。彼の情報収集能力の異常な高さに驚くと同時に改めて恐怖を感じた。

×月×日

大悟君に相談したら、マシューは私の携帯をハッキングしている可能性があるかもしれない。このようなことに詳しい方に私の携帯を調べてもらおうということになった。少なくとも携帯のメールやラインでのやり取りが筒抜けである可能性は高いとのことだった。

予想どおりであった。この日記はマシューの犯意を証明する決定的な証拠となるものと思えた。

優海は、帰りの車中から岩城弁護士に電話をかけ、藍子の両親が数日中に事件を委任するため岩城事務所を訪問することになったこと、藍子の日記を預かったことを報告していた。

八

支局に戻った後、すぐに藍子の父大倉尚忠について調べてみた。地元の著名な企業グループの会長であり、地元上場企業の大株主で、彼の一言で社長人事が決まると噂されるほどのカリスマ経営者だった。

彼の両親は、戦前、普天間基地が所在する場所に広大なサトウキビ畑を有し、製糖業を営んでいた。

戦後、米軍が基地建設の目的で強制的に土地を接収したため製糖事業ができなくなり生活が困窮。当時の移民政策に応じ南米に夢を求めて長男だけを連れて旅立った。

尚忠の父は昭和二十九年頃に南米で病没。亡父所有の広大な土地は一旦、叔母の夫名義で所有権保存登記をした後、巧妙な策を講じて彼名義に変更してくれていた。

叔母夫婦は資産家であったことから求められるままに基地内の土地を買い増した結

果、大地主となっていた。

彼が本土の大学に国費留学生として入学することが決まったとき、親権者の同意が必要ということで叔母夫婦の養子となった。子供のいない叔母夫婦から養子に迎えたいとの話もあって預けられていたので遅すぎた縁組であった。

復帰後、軍用地収入は毎年増大し、彼はこの収入で軍用地を買増し、また求められるままに地元の優良企業にも出資し大株主となり、いつの間にか十数社のグループ企業の会長となっていた。

養父母が亡くなり、この屋敷も含めた莫大な遺産を相続した。

最近まで長男大倉淳一郎が後継者として会社経営に当たっていたが一年程前、海外出張中に不幸な事件に巻き込まれ死亡した。妻はなく一人息子はまだ幼稚園児なので後継者問題が重要課題となっていた。

噂では彼が手塩に掛けて育て上げた優秀な社員を一人娘藍子の婿養子に迎えるつもりだったようだが、藍子が勝手に婚約したということで勘当だと怒っていたらしい。

彼が所有している軍用地を時価換算すると実に巨額で国内の長者番付の上位者であった。

軍用地主。

本土では耳慣れない言葉だか沖縄県では日常的に耳にする。軍用地主の推計総数は四万人。本土に比べると異常に多い。戦後、米軍が銃剣とブルドーザーで強制的に土地収用したことが理由だそうだ。

時に、働かずして遊興にふける人を見かけると、あいつらは軍用地主のはずだと揶揄される。

沖縄県におけるパチンコ遊戯者が落とす金は半端でないそうだが、その中に相当多数の軍用地主がいることは公然の秘密とされている。

安保条約により政府は、基地提供義務を負担しているため軍用地主に年間総額約九六〇億円余もの軍用地料を支払っている。

大多数の軍用地主の受取額は年二百万円未満のようだが、数億円という巨額な地料を受け取る大地主も現実に存在している。

政府が支払義務者なので安全な投資物件であるとされ売情報が掲載されるやすぐに買手が見つかる。

土地取引価額の算定にしても軍用地が所在する基地名と政府から支払われる年間軍用地料が分かれば、この額に所定の倍率を乗じることにより弾き出される。この簡便さも軍用地取引の魅力の一つのようだ。

支局が保有している公式なデータによれば、大倉尚忠は沖縄県を代表する軍用地主であり地元優良企業のカリスマ経営者であることが確認できた。

だが裏情報もあった。彼が所有している広大な軍用地は、養父母と彼の悪事によって形成されたとか、暴力金融業者の裏の金主で、専ら軍用地主に金を貸し過酷な取り立てにより最終的には軍用地を代物弁済という名目で取得していたという悪い噂だ。それ故、実に多数の軍用地をめぐる裁判問題に追われているのだそうだ。

これら裁判事例のうち沖縄県で注目を集めたのが実兄神田恭一との広大な軍用地の帰属をめぐる裁判だった。

実兄神田の主張は、広大な軍用地は父神田高雄が所有していたところ昭和二十九年十二月二十五日に死亡し自分が全財産を家督相続した。よって、大倉尚忠が本件軍用地の所有権者であるはずがないから登記名義を変更せよというものだった。沖縄県に新民法が施行されたのが昭和三十年なので、家督相続の主張が成り立つのだ。

実兄は、実父高雄が大事に南米にまで持参していた権利書等で亡父所有の証明に成功したので勝訴は確実だと思われた。しかし、養父大倉浩司は、神田高雄が移民として渡航する際の費用として一万ドルを貸付、この担保として本件土地の管理を委ねる旨の一札をとっていた。

浩司は、これを根拠に戦後の土地申告手続き時点で隣接地主にこの書類を示して自己名義で登記した。そして知人宮田賢治に安価で売却した後、十年経過後に大倉尚忠名義で本件土地全部を売買を原因として所有権移転登記を完了していた。

大地主尚忠の主張は、宮田賢治が売買を原因として土地所有者として本件土地の占有を開始して満十年経過した時点で時効取得したというものであった。

神田は叔母夫婦による巧妙な工作により攻め手を奪われていた。神田の弁護士は、時効取得の主張を潰すため、宮田への売買は仮装登記であると反論したが、裁判所の心証は尚忠の主張に傾いており勝ち目はなかった。親族の情を頼みに法定相続分による和解解決を求めたが兄弟の縁を切ったと宣告され尚忠の完全勝訴で終わった。

〝骨肉の争い弟の全面勝利で終わる〟という記事が残っていた。

この裁判手続き中、神田は弟大倉尚忠の証言に怒り出し、法廷で暴力行為に及び逮捕されるという騒動も起こり、それも原因となり脳梗塞で亡くなったようだ。

臨終の言葉は、「尚忠は絶対に許さない。地獄の底からでも甦り恨みを晴らしてやる」だったそうだ。

九

岩城剛志弁護士は受任後、この事件は大事件だとして地位協定及び国賠訴訟に詳しい弁護士らに呼びかけ「暴走事故を糾弾する弁護団」を組成したうえで訴状を裁判所に提出した。

那覇地方裁判所の真向かいに小さな公園がある。数年前までは古い無人墓が点在し荒れ放題の単なる空き地であったらしいが、いつの間にか整備され少しは公園らしくなったようだ。

用地買収が未了のためか通常の公園であれば設置されている遊具もなく、憩いの場として休むためのベンチすらない。

裁判所の近辺に事務所を構えている弁護士や近隣住民にとっては抜け道的な利用がで

きるので重宝がられているが、いまだ公園整備の完了する時期は定かではない。

マシュー・アダムスに対する損害賠償請求事件の第一回口頭弁論が開催された日、珍しくこの公園に人が溢れた。

裁判傍聴ができなかった人たちが自然発生的に集まり、県警が大倉藍子死亡事件の捜査すらできないことに対する抗議の声を上げ始めたのだ。

県民の潜在意識の中には、琉球処分と米国占領統治下におかれてきた怨念のようなものが眠っている。一種のＤＮＡの記憶と評してもよいのかもしれない。いま軍属マシューの事件を契機として、県民の潜在的な怨念が刺激されたような兆しを感じる。

那覇地方裁判所の玄関を入ると右側に受付カウンターがあり当日の事件記録簿が置かれている。一般の傍聴人は、法廷号室を確認して入廷すると傍聴席と裁判関係者を仕切る柵が目に入る。傍聴席の真正面は一段と高くなっており、ここがひな壇と呼ばれている裁判官席で、その席の真ん前に書記官席がある。

裁判当事者である原告席は裁判官から見て右手側、被告席は左手側に配置されている。裁判は、当事者である原告及び被告代理人弁護士が席についた頃を見計らって、ひな壇の奥の裁判官専用通路を通って裁判官が登場し全員が起立して一礼後に始まる。

不思議なもので法廷に入ると厳粛な気持ちになる。人を裁くという空間だからだろうか。裁判官がまとっている黒い法服は、裁判当事者のいずれの色にも染まらない公平・公正な裁判をするという宣言だそうだ。

民事裁判の口頭弁論手続きとは、本来、口頭で訴状及び答弁書・準備書面を朗読して自己の権利の正当性を訴える手続きだが、実際の裁判は実に簡略化されている。

原告は訴状を、被告は答弁書を事前に裁判所に提出しているので、第一回の口頭弁論期日では、裁判官が原告に訴状を「陳述しますね」と、被告には答弁書を「陳述しますね」と尋ね、原告及び被告代理人弁護士らが、「陳述します」と述べることで各書面の内容が朗読されたと看做される。このわずか数分のやり取り後、裁判官より次回期日が指定されて終わりとなるため、傍聴席からこの進行を見るとまるで理解不能のはずだ。

本件事案は民事第一部の裁判長西口博充、右陪席宮尾徹子、左陪席中島俊英の合議体で審理されることになった。

岩城弁護団長は、西口裁判長に対し、本件事件の進行について県民の関心が極めて高いこと、多数の傍聴人がいることから、民事訴訟法の原則に基づく口頭弁論主義による審理を要請した。

地元紙の報道により本件事件の関心は否が応でも高まっていたことから西口裁判長は、これを許可した。

岩城剛志弁護団長は、原告席からゆっくりと立ちあがり裁判官席に一礼したあと、やや傍聴席に顔を向けて本件事件の訴状の要点についての朗読を始めた。

「裁判長、この事件は被告人マシュー・アダムスの公務執行中の偶然の交通事故として処理されていますが、その真相は、公務執行中を装った意図的な追突事故という重大な犯罪行為であります。公務時間中の犯罪と公務執行中の事故とは全く次元が異なります。

被告は、この盲点を利用して、公務執行時間中に、偶然の交通事故であるかの如くに装い、まさに意図的に本件追突事故を発生させ、婚約中という幸せのさなかにいた大倉藍子を死に至らせたのです。

原告は、この事実を次のような証拠によって明らかにしていきます。

まず、被告は友人の誘いで参加した基地内のパーティで藍子と知り合い、基地内レストランで食事を共にするという関係にありました。ある出来事が原因で藍子は、被告との面談を拒絶し、電話やメールなどにも一切の応答をしませんでした。すると被告は、突然、怒り出し、留守電やメールで脅迫的な伝言を残す。アパートに待ち伏せする等のストーカー行為を反復し始めました。

藍子は、これに怯え、県警に助けを求めております。県警においても事情聴取の結果、藍子の申し出に理由があると判断して、警察署長等による警告を経ずに、公安委員会が聴聞を経た上で禁止命令を発しようと準備していた矢先に本件事故が発生したのであります。

このような背景事情の存在だけで、本件交通事故が決して偶然の事故であるはずがないことは明らかです。

さらに、藍子の友人らによれば、被告は藍子が資産家の一人娘であることを知り財産狙いで近づいてきた可能性もあること、被告の経歴よりすれば有能な医師なので地位協定における公務中事故について県警には捜査権がないという知識を有しており、この知識を駆使して、本件公務中事故を装った犯罪行為に及んだものであります。

ある酒席の場において、彼は『自分は基地内で勤務している医師なので沖縄県においてなら犯罪を実行しても逮捕されない特権を有している』と発言しています。まさに本件事件こそが被告の明晰な頭脳によって計画された交通事故です。

本件事故が現実に発生した以上、経験則法理に照らせば、被告が意図的に被害者藍子運転の車両に追突したことは明らかです。よって、偶然の事故ではなく真実は殺人事件、しからずとしても危険運転致死事件と認定すべきです。

被告国に対しては、安保条約に基づく地位協定の実施に伴う民事特別法に基づいて賠償請求するものです……」

岩城弁護団長は朗々たる声で、本件裁判における主張と立証方針について述べ、本件裁判提起の目的が被告マシュー・アダムスの公務執行中を装った犯罪行為であることを明らかにすると訴えた。ついては、本日、証人山口由紀及び被告本人尋問を申請したので是非とも採用して頂きたいと述べて腰をおろした。

被告マシューの弁護人は、復帰前、米国に留学して弁護士資格を取得した老弁護士黒田賢英であった。白髪で、大柄な体の背筋は伸びていて七十代後半と聞いているが、いまだ元気だ。

黒田弁護人は、原告の主張は、あまりに荒唐無稽な憶測に基づくものであるから直ちに棄却すべきであるとして弁明を始めた。

「特に強調しておきたいことは、原告訴訟代理人らは安保体制を容認できないとする政治的な見解に基づいて地位協定の問題点を殊更に議論し政治問題化させるために、被告の単なる交通事故を意図的な犯罪事件と大袈裟に騒ぎ立て、県民に対する政治的パフォーマンスを展開しようと企図しています。

被告が本件事故によって与えた損害賠償の責任は、日本政府が負担することになっており、個人がその責を負わないと定められています。

さらには、被告は既に五年間の運転禁止という罰を受けていますので、当該刑事事件はすべて終了しています。この結果、米国裁判制度上、本件事件で二度と刑事罰を課されることはなくなりました。地位協定においても明文をもって二重の処罰を禁じています。それなのに日本の民事裁判法廷において、決着済みの交通事故を何らの証拠なく犯罪行為であるとして被告の名誉・信用を著しく棄損するような裁判が維持継続されることは到底、許されるべきことではありません。地位協定の定めにより、『公務執行中の事件事故』については、刑事裁判のみならず民事裁判についても裁判権はないと解すべきです。よって本件請求は主張自体失当ですので、直ちに棄却されるべきです」

黒田弁護人はだみ声で原告請求に理由がないと非難した。

傍聴席から「お前はそれでもうちなーんちゅか。米軍の走狗《そうく》のような弁護人黙れ！」等のヤジが発せられた。

一斉に「そうだ！」、「そうだ！」の同調の声が上がり法廷内が騒然となった。

西口裁判長は、即座に「傍聴人、不規則発言は控えてください。再度、発言するようだと退廷を命じます」と制止した。

傍聴席のざわめきが収まるまで数分間を要したが沈静化したことが確認できたので西口裁判長は、被告国の代理人である訟務検事・荻沼耕太郎に対し意見陳述を促した。

訟務検事とは、国を当事者とする民事訴訟や行政訴訟を担当する検事のことだ。最近は、判検交流制度により民事・行政裁判に精通した有能な裁判官が法務省に転属となり国を被告とする重要な案件の訟務検事を務めているそうだ。

荻沼耕太郎は、四十代、小柄で上品な雰囲気の人物だった。語り口は柔らかで関西なまりがあるようだ。おそらく裁判官出身ではなかろうか。物腰がすべて柔らかで、実におっとりした印象を与えていたからだ。彼は手元のメモを見ながら、次のように答弁した。

「被告国は、民事特別法の規定により、米軍属マシュー・アダムスの公務執行中の事故に関する損害賠償義務があることを認めます。国が算定した本件損害額は答弁書で明らかにしたとおりでありますが、裁判所の専権において損害額を認定されたとしても異存ありません。

被告国としては、米国との安保条約の安定的維持の観点から本件事件が公正・公平で、かつ迅速な審理がなされることを強く望んでおります。

なお、黒田弁護人が述べましたとおり、被告マシュー・アダムスの不法行為に基づく損害については、民事特別法に基づいて被告国が賠償責任を負担します。被告マシュー個人が賠償責任を負うことはありません。

従いまして、本件交通事故の真相が犯罪行為であるとする原告の請求原因についての審理は無用であると信じます」

原告及び被告ら訴訟代理人の意見陳述が終了した後、西口裁判長は被告ら代理人に対し、原告の証人申請についての意見はどうですかと問いかけた。

被告ら代理人共に、証人山口由紀については異議はないが、被告マシュー本人尋問については不必要であるので申請を却下されたいとの意見を述べた。

裁判長西口は、原告に対し被告本人申請についての意見を求めた。

岩城弁護団長は次のように反論した。

「本件事件は、被告の公務執行中を装った犯罪です。これを証明するためには、被告本人尋問が必要不可欠です。

そもそも藍子が死亡しており本件事故態様及び被告とのトラブル内容についての具体的な証言を得ることができませんので、被告の尋問は必要不可欠であります。

被告らは、被告国が賠償するから被告マシューの不法行為を審理する意味がないと反論しています。しかし、意図的な追突事故であれば、米国における不法行為訴訟において認められている懲罰的な賠償請求が認容されるべきであるとの損害構成もしておりますので、被告本人尋問は絶対に必要です。是非とも採用して頂きたい」

西口裁判長は、その場で採否の判断はせず「合議します」と述べて、一旦、ひな壇から退席した。

暫くして再び裁判官席に着座して、「証人山口由紀については採用しますが、被告本人尋問の採否についての判断は保留とします。被告ら代理人にお尋ねします。軍警察の捜査関係書類中に被告マシュー・アダムスの供述調書等が存在すると思われますが、それを法廷に証拠として出していただけませんか」

被告代理人は、その場で協議して、本件事件の証拠等記録を提出する方向で前向きに検討すると回答した。

西口裁判長は、原告代理人に対し、「被告より、被告の供述調書等の関係書類が証拠として提出されたら、それでも被告本人尋問の申請を維持するかどうか、ご検討いただけませんか」と述べ、原告代理人弁護士らも了承した。

被告マシュー・アダムス及び被告国に対する損害賠償請求事件の第一回口頭弁論はこれで終了し、次回期日が指定された。

岩城弁護団長は、この弁論手続き終了後、裁判所前の小さな公園に集まっていた支援者を前にして、裁判の進行経過を報告し次回期日において、被告本人尋問の採否についての決定がなされることになると報告した。

この後、裁判を傍聴していた支援者の一人が立ちあがり感想を述べ始めた。どうも傍聴席から大声でヤジを飛ばしていた人物のようだ。

「皆様、ご苦労様です。私は暴走事故を糾弾する弁護団を勝手に支える会の事務局長をしております仲尾一徹です。率直に述べまして、今回の裁判は本当に面白かったです。原告も被告もそれぞれの見解を口頭で述べましたので、裁判のずぶの素人の私にも何をテーマとして争うのかがよく理解できました。被告側は、たじたじで、裁判長が認定した損害賠償金をすぐにでも支払うので裁判を終えてくれという体たらくでした。岩城弁護団長の単なる交通事故ではない。公務執行中に偶然に発生した交通事故であるかの如くに装った殺人事件だとする弁論は実に迫力がありました。裁判所が次回期日に被告マシュー・アダムスの尋問を採用して頂くことを期待しています」

参加者から拍手が起こり、何処からともなく「岩城弁護団長頑張れ！」の声援でこの集会はお開きとなった。

十

谷口弁護士から電話があった。セクハラ事件が終盤に入っており、俺の尋問が予定されているのだそうだ。思い出したくない出来事だから、極力、この問題から遠ざかっていたかった。

裁判の当事者になった以上、被告本人として弁明しなければならないが気が進まない。職場における上司風を吹かせて男女の関係になったという相手の主張を徹底的に叩きつぶさなければならないためだ。

不倫相手との年齢差を考えると俺に恋心を抱くとか一目惚れをするようなことはあり得ない。契約社員という不安定な身分について特段な配慮をしてくれると言う甘言もあって関係が生まれたからセクハラだとの主張は、世間的にはありがちなことなので相当の信用性があるように見えるであろう。

谷口弁護士によれば、双方の主張が相対立しているときは、裁判官の心証次第だから怖い。彼女の弁明どおり俺は見栄えの良い中年男ではない。金をもっているわけでもない。裁判官が経験則に基づいて俺と彼女の証言を比較すれば彼女に軍配が上がりかねないリスクがあるそうだ。

そのため俺の供述が真実であることを補強する事実を探していたところ、幸運にも見つかったので俺の話を聞きたいという連絡だった。指定された日時に弁護士事務所を訪ねた。既に彼は、会議室で記録を広げて待っていた。

「余り時間がありませんのですぐに本題に入ります。先輩は井伏泰造という代議士を知っていますか」

俺は無言で頷いた。

「彼の何を追いかけていたのですか？　汚職？　金？」

「数年前の事件なので記憶が薄れているが……確か防衛装備品をめぐる不正な取引がなされているという疑惑を追いかけていたように記憶しているが……」

「どんな疑惑でしたか？」

「自衛隊が装備品を自主開発するか、それとも米国企業が製造したものを購入するか、それが両国政府間の懸案事項となっていた。井伏泰造代議士は米国企業の日本総代理店の社長薮田に依頼されて、政界の黒幕と称されている人物を介して防衛省に相当な圧力をかけていた。また相当高額な金が動いているらしいという噂があり、取材攻勢をかけていたと記憶しているが……」

「金が動いたことを確認できたのですか？」

「そこまでの調査には至っていなかったなー。張り込み調査をしていた関係上、ある女性が浮かび上がってきた」

「…………」

「その女性は、ある暴力団組関係のフロント企業と噂されている会社専務の愛人だった」

「この調査結果について、どうされましたか？」

「不倫問題をスクープ記事にするのは俺の性分に合わない。友人の雑誌記者に全情報を渡したよ」

「金で売った？」

「いや、好意で全部提供しただけだ」

「その結果どうなりましたか？」

「スクープ記事を売り物にしている週刊誌にすっぱ抜かれて大騒動になった。彼にとっては最悪の時期だった。某政党の幹事長に抜擢されるという内示段階だったから袋叩きにあったよ」

「覚えています。テレビで釈明会見をしていましたが、確か経営相談に乗ってあげていただけだという弁明でしたね」

「この記者会見の評判はすごく悪かったなー」

「その後、どうなりましたか？」

「代議士を辞職した後、世間の記憶から消え去りかけた半年後くらいだったかな……ある観光地の海岸近辺の海から溺死体で発見されましたよ」

「事故ですか？」

「俺が取材していた防衛装備疑惑の根は深そうで、彼に対する検察の捜査は密かに続いていた。だが、泥酔して海岸べりから転落しての溺死として一件落着でした。今でも正直、疑惑が残ったままの有耶無耶な事件処理だったと思えてなりませんがね……」

「彼の身上調査もしたんですよね」

「勿論だ。離婚歴があって当時は独身だが、たしか子供がいたように記憶しているよ」

「先輩、言いにくい話ですが、実は、岸田香苗が井伏泰造代議士の先妻の娘だったこと知っていましたか？」

「えっ？………」

「彼女は離婚後、母の姓を名乗ったため、先輩はおそらく気づかなかったと思われます」

俺はハンマーで殴られたような衝撃を感じた。

俺が追っていた疑惑の代議士井伏の娘だとは。何か意趣があって俺に近づいてきたのか。父親の死亡は俺の取材の結果だと決めつけ恨んでの罠であったのか。それとも俺の家庭を滅茶苦茶にして俺を破滅に追い込むことが目的だったのか。

「何が分かったのだ。詳しいことを教えてくれ」

「まず会社の調査が先行していました。彼女は経済界の相当な大物の口利きで派遣社員から契約社員としての採用に切り替わったそうです。履歴書を確認したところ父母の記載がありました。それで、会社から井伏代議士の防衛装備品事件を先輩が追跡していたはずだから事情を確認して欲しいと要請されたのです」

「現時点で分かっているのは彼女が事故死した代議士井伏の娘というだけか？」

「偶然にしては出来すぎでしょう。何かの意趣が隠れていることだけは確かだと思えるので当事務所でも追跡調査をしてみました。偶然、彼女の幼馴染の友人から有力な情報を入手できました」

「どういうことだ……」

「裁判上の世界では実に弱い証拠ですが、彼女は幼馴染の方に父親の仇討ちをするために父を追い詰めた新聞記者と不倫をして、奥様にその事実を暴露した。家庭でも会社でも大混乱よ。昔の武士の仇討が上手くいったらきっと快哉を叫んだと思うわ。だって私が大声で、やった！　と叫び出したい気持ちになったんだから、ということを漏らしたそうです」

「いわゆる伝聞証拠というやつか……」

「裁判では役に立ちませんが和解交渉時には有力な情報と言えます」

「その幼馴染とやらに協力は得られそうか」

「無理です。その友人にしても法廷で証人になる意思はなく、あくまでも匿名を条件として情報提供しただけです」

「それで、俺にどうしろというんだ。俺の家庭を滅茶苦茶にしようと画策していたという真相を暴けとでもいうのかね」

「そんな大袈裟な対応をとれば先輩も返り血を浴びて、ドロドロとした恨み節の物語がマスコミで面白おかしく取り上げられないとも限りません。それで、どうにかこの有力情報を交渉材料にして和解で終わりにしたいと考えているのですが……」

「金銭解決ということか。一体、いくらくらいで解決可能と見込んでいるんだ」

「本音を言えば百万円未満で解決したいのですが、これだと当方の勝訴的な和解といってもよいと思います。被告側に花を持たせて、守秘義務条項をつけて相当額の上乗せをして解決するという方針で交渉してみたいのです」

「分かった。すべて君の判断に任せる。解決金はどうにか準備する」

数年前、俺が追及していた事件の闇は深そうだった。日本の将来の国防体制の在り方そのものが根底の議論にあって、俗に米国派といわれる族議員らは外部調達で装備し、自主独立派の族議員は国内の防衛産業育成のためには独自開発すべきだと主張していた。この裏には日本政財界の黒幕が潜んでおり、時の政権の意向次第で揺れ動くという極めて政治的な問題だった。

「先輩の不倫問題も言葉を換えれば、彼女の自作自演のハニートラップということのようですね？」

「笑っちゃうな！　ブンヤが見事に罠に嵌って金を払う羽目になるとはね」

「それはそうと、先輩！　軍属事件ですが実にユニークな展開をしていますね。交通事故の加害者を殺人犯であると断じるとは勇気がありますね」

「俺もまさか裁判所で堂々とマシューは殺人犯だと弁論するとは思わなかったよ」

「弁護団長岩城剛志弁護士でしたっけ。彼は担当事件について社会的耳目を集めるのにどうすれば良いかのアイデアに長けているようですね」

「それにしても傍聴人が多数いる法廷で被告は殺人犯だと断じて名誉棄損罪とはならないものか？」

「一般論でいえば典型的な名誉棄損罪に該当しますよ」

「刑事告訴されたら逮捕される虞《おそれ》はないのか？」

「これまでの調査で殺人犯であると信じるに足る根拠資料を有している。この真相を暴くことは公益のためになると弁明するでしょうから、逮捕するのは難しいでしょうね」

刑法230条の2は、名誉棄損罪について、①公共の利害に関する事実に係り、②その目的が専ら公益を図ることにあった場合で、③その真実性の証明がされたときは、免責すると規定している。

谷口弁護士は、この条項で警察も逮捕できないであろうと見込んでいるとの説明であった。そこで今後の民事裁判の展開について質問してみた。

「君の見立てでは、裁判所は被告の本人尋問を採用するかね……」

「裁判長が提出を求めた供述調書の内容次第だと思いますね」

「どういうことだ……」

「裁判所が望むような記録が証拠として提出されれば、原告に申請を撤回してもらう。出ない場合はどうなるんだ？」

「裁判官の審理方針次第ですね。県民に真実を解明する努力をしていると見せたければ採用するだろうし、純然たる裁判審理に必要か否かの観点から判断すれば却下でしょうね」

「君が裁判官ならどうする？」

「県民の怒りや真相究明という原告の意図は理解出来ます。裁判の帰趨に影響がない人証だとは思いますが、公平な審理をすべきとの観点から採用ですね」

「裁判の見通しは……」

「国に対する請求は確実に勝ちますよ。マシューに対する請求については、厳しいと思いますね」

「殺人行為であると認定する可能性があるかね……」

「原告提訴の目的は理解できますが、被告マシューに対する請求は事実認定ではなく民事特別法の解釈論で決着がつきます。ですから裁判所としては、偶発的な交通事故か殺人かの判断は避けるのではないでしょうか」

十一

那覇地方裁判所で第二回口頭弁論期日が開かれた。

西口裁判長は、出廷している証人山口由紀に宣誓させたうえで、原告訴訟代理人岩城弁護士に尋問を命じた。その尋問要旨は次のとおりであった。

「私は、大倉藍子さんとは小中高と一緒の幼馴染みです。マシュー・アダムスと出会ったとき、彼を、ハンサムで話し上手、本当に優しい人だと思ったみたいです。

ところが、ある日、彼が自分に好意を示してきた目的は、愛情からではなく、親の財産目当てのようだと気づいたみたいです。それで連絡を拒んだら態度が豹変し、ストーカー行為を繰り返してきました。彼女の言葉ですが、『彼を怒らせたら殺されるかも知れない』と怯えていました。

マシューさんは、ある紛争国において軍医として勤務していたことがあり、そのとき多数のテロリストに襲われ防戦したことがあったそうです。機関銃で射殺した経験があると自慢していたみたいです。それに私の友達の高木幸江さんから聞いたのですが、彼は『沖縄で犯罪を実行しても逮捕されない』と豪語していたようです。おそらく今回の交通事故こそが犯罪の実行だったのではないかと思います」

被告代理人は、山口由紀の証言に対する反対尋問は深追いせず、証人と被害者との交流状況等の差しさわりのない尋問だけで反対尋問を終えた。

裁判長は、この尋問終了後、被告マシュー本人尋問の採否について合議し、採用の上、次回期日に取り調べると決定した。

被告の代理人弁護士黒田は、即座に立ちあがり、「異議あり！」と大声を発して次のように述べた。

「本人尋問は全く無意味です。仮に原告らが主張するように、偶然を装った殺人事件であったと仮定しても、被告が不法行為者であることが確認されるだけに過ぎず、被告国の賠償問題には全く影響がないからです」

いかにも憤懣やるかたないという態度で抗議を続けた。

裁判長はこれを無視し、「被告代理人にお願いです。次回期日には被告マシュー・アダムス本人を必ず出廷させるように努力してください」と一方的に告げて閉廷した。

那覇地方裁判所で第三回口頭弁論期日が開かれた。

西口裁判長が被告代理人に対し、「被告が出廷していないようですが、その事情を説明してください」と告げた。

黒田弁護人は立ちあがった。

「実は被告は、本国の海軍病院において研修するようにと、病院長に命じられ急に帰国してしまいました。これまで彼とはメールで連絡をとっていましたが、困ったことに応答がありません」

「どういうことですか？」

「出廷確保について努力してきましたが、職務命令で突然、帰国してしまったので、事実上、出廷は不可能ということです」

「軍警察の捜査関係書類の提出はどうですか？」

「本日の期日に間に合わせて記録の写しを預かる予定でしたが、急な帰国で資料を受け取っていませんので提出できません」

「被告国の方はどうですか」

「防衛省を介して米軍司令官に要請したところ、協力して頂けることになりました。本日、被告マシュー・アダムスの供述調書等を書証として提出します」

西口裁判長は、被告国の代理人荻沼耕太郎に対し、被告の供述調書を提出させたうえで、その取調べとして調書内容の朗読を促した。

「被告の本件事故が公務中の事故であることについては、被告が勤務する海軍病院の病院長であるジョン・スミス氏の供述で明らかです。

〈私は被告マシュー・アダムスが勤務する海軍病院の病院長です。本件事故当日の午後五時過ぎ頃、沖縄県医師会との会議に出席するようにと命じたことに間違いありません〉

この命令を受けた被告の当日の行動についての供述内容は次のとおりです。

〈私の事故当日の行動ですが、七時に起床し八時から通常診療業務に従事し午後五時に終了しました。帰宅の準備をしていましたら病院長から急遽、自分の代理で県医師会との会議に出席するようにと命じられました。海軍病院を出発して本件事故に至るまでの時間経過を述べます〉

十七時四十五分
海軍病院から医師会館へ向けて出発。
十八時十分頃

有料道路のゲートを通過。
十八時五十五分頃
有料道路を出て一般道と交差した付近で被害車両が突然、進路妨害するように割り込んできた。急ブレーキを踏んだが間に合わず追突事故が発生した。
十八時五十八分頃
私はすぐに降車して被害車両の状況を確認したが、大破しており運転席にいた人物の救出は私個人では不可能と判断して軍警察と病院長に事故報告をしたところ現場で待機するようにと指示された。
十九時頃
民間人が被害車両の近辺に集まり運転席の被害者の救出を試みたようだが無理と判断して警察と消防隊に緊急連絡をとっていた。
十九時十五分頃
パトカーと救急車が到着。運転席のドアを壊して被害者を救出して、病院に搬送。警察官が私から事情を聴こうとしたので、公務中であること、直ぐに軍警察官が到着するはずだと述べて、事情聴取については拒絶した。
十九時二十五分頃

軍警察官は公務中事故なので地元警察に捜査権がないと宣言し、私が重要な会議に出席する必要があると説明したところ現場写真撮影終了後、会議に出席するための移動が許された。

被告国の代理人弁護士荻沼は、被告の供述書の取り調べが終了したことから裁判長に対し次のような意見を述べた。

「被告マシュー・アダムスは、軍警察の捜査に基づいて五年間の運転禁止という処罰を受けています。従いまして、米国憲法上の二重の危険の禁止の法理により、もはやこれ以上の裁きを受けることはありませんので、原告の主張は、本件事案審理にあっては不必要であると解さなければなりません。

よって、これ以上の審理は不必要ですので直ちに結審の上公正な判決を賜りたい」

岩城弁護団長は「裁判長！」と大声を張り上げた。顔面の形相は怒りで赤鬼のようになっている。拳を強く握りしめ記録を押し潰している。体全体が怒りに震えているが、残された理性で怒りの爆発を押しとどめているようだ。

「裁判長！」ようやく声の調子に冷静さが戻ってきた。

「被告弁護人の答弁は余りに不誠実です。前回の期日において、裁判長は被告代理人に出廷の確保を強く要請されました。にもかかわらず、突然、理由不明なまま帰国したから出廷は事実上不可能という答弁です。当法廷に出廷すると殺人事件であったとの真相が暴かれることを恐れて突然、帰国させたのではないかと疑われます。判決に際しては、このような事情も斟酌して頂きたいと思います。

次に、被告国の弁論についてです。原告が証拠によって本件事故の真相は殺人事件であると断じても過言ではないような極めて重大な事件です。それが僅か『五年間の運転禁止』という軽微な処分がされたというのです。

わが国の最高裁判所は、人の命は全地球よりも重いと判示しています。しかしながら米軍は、県民の命には重さがない。無価値だと決めつけているようです。このような不条理がまかり通ってよいものでしょうか。

沖縄県では軍人・軍属による殺人事件・強盗殺人事件・集団強姦致傷事件という重大犯罪が繰り返されてきました。この理由は、県民の命は自国民の命と比べれば露ほどの価値もないという植民地意識が今なお生きているからだと断じる外ありません。

県警に捜査権限がなく、軍警察においてマシュー・アダムスの弁明に基づいて捜査の上、起訴すれば、殺人事件も運転禁止という軽犯罪となってしまうということです。

我が国と米国は高度な信頼関係に裏付けられた価値観を共有する近代的な同盟国である

とされています。それなのに公務執行中の事件事故と軍司令官に判定されるや、自国民の殺人行為にすら裁判権を行使できないというのは戦後七十数年余が経過してもいまだ植民地的な不平等がまかり通っているということです。この原因が地位協定にあるならば直ちに抜本的な改定がなされるべきです。

米国の刑法は基本的に州ごとに決められています。N州での交通事故を例にとると、飲酒運転の結果の事故で相手を死亡させると一般的には第二級車両殺人罪となり、重罪の扱いとなります。刑罰は最低一年以上の懲役刑となり、選挙における投票権を剥奪されることになります。相手が死に至らない場合でも第二級車両傷害罪となり、重罪の扱いをうけています。

しかるに、被告マシューの殺人行為と認定すべき本件追突行為が、実に軽微な罪と認定されたというのです。

米国の刑事法廷で裁かれた場合と比較すれば明らかですが、沖縄県に駐留する軍人・軍属らに異常ともいえる特権を与えていることに外なりません。

このような偏頗・不公正な裁きをしながら日本の刑事裁判から完全に解放されていることを是とする地位協定には大問題が内在していることは明らかです。

被告国代理人は、地位協定に基づく民事特別法で被告マシュー個人が賠償責任を負わないから、本件事案の真相が殺人事件であるか否かは争点とならないと断じています。このような人権感覚の欠如があるがゆえに、地位協定の不合理性が戦後七十数年余もの間、放置されてきたのでしょう。

米国は、世界に向けて人権外交を展開するほどの人権感覚に鋭い感性をもつ近代国家です。そして、この国の不法行為に基づく損害賠償請求訴訟において、加害者の行為が強い非難に値すると認められる場合には、加害者に制裁を加えて、将来の同様の行為を抑止する目的で、実際の損害の補填としての賠償に加えて、懲罰的損害賠償が認められております。

もし本件事案が米国において提訴することが許されれば、公務執行中の事故であると装って殺人事件に及ぶなど到底許されない行為ですから、巨額な懲罰的賠償が認容されるはずです。

このような観点よりすれば、被告マシューの事故の真相が『殺人行為』であるか否かは極めて重大な争点でありますので、貴裁判所におかれては真相を解明すべく審理をなされたくお願いする次第であります」

裁判長は、被告国の弁論、これに対する原告の弁論が終了した後、原告訴訟代理人らに対し、被告の出廷確保が見込めないようですが、このような状況でも被告本人尋問の申請を維持されますかと問いかけてきた。

岩城弁護団長は、他の弁護士らと協議したうえで、「被告が米国に逃げるように帰国して出廷確保が見込めないというのであれば、やむを得ません。申請を撤回します」と回答した。

裁判長は、原告と被告双方代理人に対し、これ以上の主張立証はありませんねと確認をしたうえで、「では本件審理を終結して次回期日に判決を言渡します」と告げて閉廷した。

傍聴席はざわついた。被告マシュー・アダムスの意図的な追突事故であるという証明が不十分なまま審理が終わるということへの不満が法廷に充満した。

「黒田弁護人！　マシューを米国に逃がしたのはお前だろう。これでも沖縄県民か！」

という罵声が法廷に響き渡った。

岩城弁護団長は、この混乱を収めるために「皆さん、公園に移動をお願いします。そこで今後の対応を説明します」と述べて、傍聴席からの退出を促した。

裁判所前の小さな公園には「暴走事故を糾弾する弁護団」の支援者が溢れていた。

岩城弁護団長は、怒りが爆発しそうな支援者を前にして、静かな口調で報告を始めた。

「先ほど裁判の審理が終わり、次回、判決ということになりました。皆さんが期待していました被告本人尋問についてですが、米国で研修中ということで申請を撤回せざるを得ないことになりました。

裁判の見通しですが、被告国に対する請求は、認容されると思いますが、被告マシューに対する請求は残念ながら厳しい判決となる可能性が高いです。当弁護団の目標でありました、被告の公務時間中における意図的な犯罪であるとの証明が、必ずしも成功しているとは言えないからです。民事裁判手続きでは犯罪であるという真相究明に限界があったと言わざるを得ません。弁護団の力不足です。誠に申し訳ありません」

参加者から様々な声が上がったが、やがてやむを得ないということになり自然解散となった。

岩城弁護団長から優海に事務所に寄って欲しいという声がかかった。

「ご苦労様でした……」と優海が声を掛けた。

「残念です。被告は、米軍病院の病院長の命令を受けて大型ジープで県医師会の会議に参加するという任務遂行のための移動中に本件交通事故に遭遇したとなっています。この任務遂行中の過程で、被害者大倉藍子の動向をどうして知ったのかという謎を解明できない限り、我々の主張は成り立ちません」

このような説明がなされていたそのとき、偶然にも大倉藍子の婚約者石井大悟から電話があった。どうしても面談して頂きたいということだったので、すぐに来て欲しいと伝えた。

「初めまして。石井大悟と申します。大倉藍子さんの婚約者でした」

「私が弁護士の岩城、こちらは記者の神山優海さんと高村さんです。この事件の真相解明に協力いただだいている方なので同席して話を聞いてもよいですか」

石井大悟は黙って頷いた。表情は子供のように人懐っこい。中肉中背のスポーツマンタイプの好青年と思えた。

おそらく大倉藍子の不安・不満のすべてを受け入れてきたのであろう。

「伝えたいということは何ですか」

「法廷で傍聴していました。マシューの供述内容によれば偶然の事故としか思えませんでした」

「そうでしたね。藍子さんを付け狙っていたはずだという弁護団の立証方針を粉々にする供述といえましたね」

「実は、マシューは藍子さんの携帯に不正アクセスして、メールやラインの情報をリアルタイムで入手していたようです」

「どういうことですか？」

「事件の発生前に、藍子さんと二人で、マシューはどうして藍子が居酒屋にいるとか、私と婚約したとか、誰にも分らないはずの情報を即座に入手していたのか不思議に思い、不正アクセスしていないか調べようと相談していました」

「………」

「私は、この件が頭から離れなかったものですから、事故後、ご両親様にお願いして、携帯を預かり調査を依頼してみました。その結果、メールやラインの情報が何者かにハッキングされている可能性が高いと指摘されました。不正アクセス者の特定調査をするには相当な費用が掛かるということなので、調査を続けるべきか迷っています」

「もしよろしければ、この携帯を弁護団に預けて頂けませんか。こちらで調査依頼をしてみたいと思いますが？」

「分かりました。お預けします」

彼はバックパックから大事そうに携帯電話を取り出し岩城弁護士に手渡した。

「メールやラインの情報が不正にハッキングされていた可能性があることは分かりましたが、位置情報も不正に入手されていたのでしょうか」

「これはないと思います。私と藍子さんで相互に位置情報を確認できるアプリ設定をしてみたところ、第三者がアクセスするとすぐに自分の携帯に誰かが位置情報を確認しているということが分かります。彼女の話では、このような不正アクセス情報はなかったということですので、別の方法だと思います」

「別の方法とは？」

「追跡するだけなら車のどこかに発信機を装着すれば正確な位置情報が入手可能だそうです。専門家の話では、被害車両は警察が検証したはずだから警察関係者から事情を聴けば装着の有無くらいは分かるはずだということでした。どうにか確認できませんでしょうか？」

「本当に有益な情報、ありがとうございます。解明できなかった謎が解けそうです」

「良かった……」

彼は要件を伝え終えると安堵の表情を浮かべ深く頭を下げ退出した。

優海の回転の速い頭脳から次々と今後の方針に関するアイデアが飛び出してきた。

「県警の交通部長と会って被害車両の検証時に発信機が見つからなかったか聞いてみます」

「もし見つからなかったら……」

「絶対、見つかるはずです。そうでなければ藍子さんの車を狙い撃ちにした追突事故を起こせるはずがないもの。それに彼は軍基地内で勤務している医師だから情報システムに関する知識は我々以上だと思うわ。もちろん発信機の入手など実に簡単だったはずよ」

優海は本件追突事故に至るまでの推理について熱く語り始めた。

「病院長の指示が発せられた時刻は十七時三十分。マシューは、すぐに藍子さんの位置情報を調べたと思うわ。この時間だとまだ職場にいたはずだから、彼は大型ジープを自分で運転して追突事故を起こそうと決めたのよ」

「なぜ、このとき？」

「地位協定で第一次裁判権が米軍にあるのは公務中の事件事故でなければならないでしょう。公務を自分で意図的に作るわけにはいかないので、病院長の指示命令を利用しようと考えたのだわ」

「通勤・退勤も確か公務中だったから、出勤とか退勤の際、交通事故を起こすことでもよかったのでは？」

「基地内の宿舎に住んでいたから出勤・退勤中という事故は無理ね。だから大型ジープを運転して医師会館に向かうことが出来る任務ということですぐにこれを利用しようと考えたのだと思うわ」

「でも、どうすれば追突事故を起こせるのだ？」

「おそらく、有料道路の途中にあるサービスエリアで藍子さんの車の位置情報をチェックすべく待機していたのだと思うわ」

「どういうこと？」

「マシューは、藍子さんの行動を詳細に調べていたと思うの。彼女の通勤と退勤は、ほぼ決まっていたようだからＧＰＳで有料道路に入ったことが確認できれば、後は通過を待って追跡することは実に容易だったと思うわ……」

「君のこの推理が成り立つためには、マシューがサービスエリアの駐車場で一時待機していたことを証明する必要があるのだけど、どうするの？」

「確認はしていないのだけど、その場所には監視カメラが設置されているはずだから録画データを入手できれば、待機していたことと、その時刻が証明できるわ」

「この録画データの入手方法はあるの？」

「残念ながら現状では事実上、不可能ね」

珍しく優海の口から諦めにも似た言葉が漏れた。

実に見事な推理だが、これを裏付ける調査の方法がまるでないのだ。地位協定の大きな壁のおかげで県民は死に損ということになるのか。

判決日まで苛々した日を過ごした。

弁護団が最重大視しているのは判決結果ではない。その理由中の判断で本件追突事故が偶然を装った殺人行為である可能性があると認定をしてくれるかどうかであった。一言の言及もなければ完全敗訴と同じなのだ。

被告マシューに対し米国で認められている懲罰的賠償請求を行った理由は、この争点について賠償理論として斟酌して欲しいとの思いから理論武装したのだ。

裁判所において、彼の行動に不信の念を抱いてくれさえすれば、慰謝料額を相当程度、高額に認定してくれる可能性があるのではとの期待を込めての立論ということでもあった。

弁護士は、結審後、判決日まで安眠できているのであろうか。取材しているに過ぎない俺が毎夜、不安で眠れずにいるのだから担当弁護士のストレスたるや大変なものだと想像した。

優海も最近は口数が少ない。裁判所が一言でいいから、あの追突事故は問題があると言及してくれさえすれば、これまでの苦労が報われるのにと願っているようだった。

この間、俺の事件にも進展があり、谷口弁護士から最終の事務処理方針についての確認の電話があった。

「岸田香苗の弁護士と直談判してきました。幼馴染の聴き取り内容も報告して依頼者本人に確認されたいと伝えて交渉してきましたよ」

「相手の弁護士の反応は？」

「目を白黒させていました」

「それで、どうなりましたか？」

「彼は一旦、席を外して依頼者と電話で相談したようです。戻ってきたときは冷静になっていて、当方側の和解提示額を聞いてきました」

「当初の希望額でまとまったのか？」

「さすがに、相手方も弁護士費用の負担等がありますので相当額の上乗せ解決を求めてきました。それで、相手が希望する額を少々値切って合意にこぎつけました」

「かなり厳しい金額だな……だが、身から出たサビともいえる事件だから応じる外ないいな。君の意見はどうだ……」

「率直に言わしてもらうと和解を成立させるべきです。岸田香苗が先輩を罠に掛けたのだという証明が成功する可能性は低いと思います」

「この交渉は上手くいったという理解なのだな」

「そうです」

「分かった。急ぎ和解解決をして裁判を終了させてくれ。裁判の被告になるということの心理的負担がいかに大変かが良く分かったよ」

「実は奥様に、香苗さんとの裁判事件の経過を報告しておきました」

「………」

「奥様は、お調子ものだから年も考えずに若い子の尻を追いかけるから馬鹿な目に合うのよと皮肉っていましたが、以前よりは怒りが収まっている感じでした。勝手して申し訳ありません」

「君はどちらかと言えば妻の味方だからしょうがないな。覆水盆に返らずだよ！　俺たち夫婦のことに気を使わなくてもいいからな……」

おそらく彼は、俺と香苗の関係が、香苗の亡父井伏の仇討のような思惑での誘惑であったことを知らせればいい変化が生じるのではないかとの配慮で報告したのだと思う。だが、純粋で潔癖症な妻にとって一度の過ちだからと許してもらえそうにはない。

彼流の思いやりだと思ったので、勝手に妻に秘密をばらすなと抗議するのは止めた。電話口での俺の話し方から無言の抗議を感じたようだ。何か言いたげだったが携帯電話の終了ボタンを押した。

十二

被告マシュー・アダムスに対する損害賠償請求事件の判決宣告日がきた。

記者席は特別に確保されているため俺は傍聴席に入ることができた。

裁判所の前は、傍聴券のクジに外れた人々で溢れかえっていた。

マシュー・アダムスは、地位協定の厚い壁により、お座なりな捜査で不起訴処分となった。県民の命を毛とも思っていないマシューを民事裁判の世界で暴走殺人犯であると断罪しようと弁護団は全精力を傾けてきた。

県民は、この裁判闘争方針に共感し熱い関心をもって注視しているのだ。地元紙も米軍属の許し難い暴挙だとの論調であった。

岩城弁護士は、既に原告席に正面を向き全員が目を瞑っていた。この判決に何を期待しているのであろうか。このわずかな時間に彼らの頭の中でどんな法律理論が動き回っているのであろうか。

他方、被告マシューの代理人老弁護士黒田は、自信に満ちた表情で傍聴席を睨んでいた。

被告国の代理人荻沼は、老弁護士とは対照的に身をすくめ傍聴人の視線から身を隠すように俯いて、何か走り書きをして気を紛らわしているようだった。

裁判官が入廷し、ひな壇に着席した。ざわついていた法廷が一瞬にして静まった。

裁判長が判決の主文と理由の朗読を始めた。

被告国に対しては相当に高額な賠償金の支払いを命じたが、被告マシュー・アダムスに対する請求は棄却であった。

傍聴席から数名の記者が飛び出していった。裁判長は、淡々と理由を述べていたが被告の暴走行為についての言及は一切なかった。

岩城弁護士は天井を見上げ怒りと無念さを吐き出しているようだった。顔面は充血しており、今にも大声で裁判官を罵倒しそうな表情であったが、やがて諦めたように大柄な体を折り畳み、そっと眼元を抑える仕草をした。

老弁護士黒田だけは完全勝訴の判決内容に満面の笑みを浮かべていた。裁判長に感謝するような身振りをした後は、傍聴人席とひな壇に交互に視線を巡らせていた。

被告国の代理人は、傍聴人の視線から隠れるような仕草をしていた。県民より地位協定の抜本的改定が絶対に必要だという政治的な要求が沸き起こりそうな予感を感じてのことだと思われた。

翌日の地元紙の朝刊に被告国及び被告マシュー・アダムスに対する判決文の要旨が掲載されていた。

弁護団が最重要な争点としていた事故態様については被告の供述内容をなぞるような事実認定でしかなく完全敗訴判決と全く同様なものとなった。

被告国に命じた賠償額にしても弁護団が被告の殺人行為とも評すべき事故であったことを前提とする懲罰的賠償請求については、次のように判示して弁護団請求を一蹴した。

「米国で認められている懲罰的損害賠償の制度は、悪性の強い行為をした加害者に対し、実際に生じた損害の賠償に加えて、さらに賠償金の支払を命ずることにより、加害者に制裁を加え、かつ、将来における同様の行為を抑止しようとするもので、我が国における罰金等の刑罰とほぼ同様の意義を有するものということができる。これに対し、我が国の不法行為に基づく損害賠償制度は、被害者に生じた現実の損害を金銭的に評価し、加害者にこれを賠償させることにより、被害者が被った不利益を補てんして、不法行為がなかったときの状態に回復させることを目的とするものであり、加害者に対する制裁や、将来における同様の行為の抑止、すなわち一般予防を目的とするものではない。よって我が国における不法行為に基づく損害賠償制度の基本原則・基本理念と相容れない懲罰的賠償は認められない」

判決後、弁護団と支援する会の役員らは、裁判所近くにある小さなホテルの会議室において今後の方針について協議を始めた。優海と俺も関係者として参加が認められた。岩城弁護団長から判決内容について詳細な説明がなされた後、参加者らに意見を求めた。

事務局長の仲尾一徹がすぐに立ち上がり大声でまくし立てた。

「この判決は、沖縄県の歴史に思いを致さず、また地位協定に内在する不平等性、いまだに植民地扱いをしている米軍の人命無視の暴挙を容認するが如きである。断固として控訴すべきだ」

参加者から「そうだ！」、「そうだ！」という同調の声が沸き起こった。

珍しく女性の支援者から質問がなされた。

「裁判所は、事故態様について、マシューの供述に基づく認定をしていましたが、弁護団によって証明できた事実は、どのようなものでしたか？」

弁護団長岩城弁護士が回答した。

「誠に残念ですが、被害者が亡くなられているため証明方法に限界がありました。目撃者片岡隆一の陳述書により意図的な追突事故ではないかとの疑いを抱かせることはできたかとは思いますが、裁判所は決定的な証拠であるとの心証は形成しなかったようです。

弁護団は、マシューが藍子さんの婚約に怒り執拗なストーカー行為に及んでいたこと、本件事故の発生前に予行演習のような危険な運転がなされた事実を総合すれば意図的な追突事故であり、加害車両が大型ジープであったことからすれば、極めて危険性が高い殺人行為に等しいと主張してきました。しかし裁判所としては、マシューの弁明を無視することはできないということだと思います」

「では、控訴して被告の意図的な追突事故であるとする証明は、どうされますか？」

法律専門家のような的確かつ手厳しい指摘であった。

「弁護団としては被告マシュー本人尋問によって、彼の弁明の虚偽性、そしてストーカー行為を浮き彫りにすることにより、本件事故が偶然のものではなく、用意周到に計画された追突事故であると経験則に基づいた弁論を展開する予定でした。残念なことに被告は米国に逃げ帰ってしまい、弁護団の唯一の証明方法が実現不能となったのです」

「控訴審において被告の尋問が可能となりますか？」

弁護団には答える術がなかった。国外にいるマシューを強制的に出頭させる方法がないからだ。優海が質問の矛先を変えた。

「この席に原告ご本人様がおられませんが、ご意向は確認されていますか？」

「請求額のほぼ満額認定がなされていますので、これで十分だ、原告であることの心理的負担が重いので、これで終わりにして下さいとお願いされました」

支援者のため息が聞こえた。一瞬静まりかけたが、意味のない言葉が飛び交いざわつき始めた。

岩城弁護団長は、「皆さんお静かに願います」と述べて会議を閉めるべく挨拶を始めた。

「本日はお忙しいなかご参加頂き誠にありがとうございます。本件裁判は、損害賠償請求事件としましては完全勝訴と言えます。懲罰的損害賠請求につきましては最高裁判例に基づきまして認められないと判示していますが、慰謝料額は一般的な賠償基準に照らせば相当程度高額な認定をしています。ですから、裁判所も明示的な判示は避けていますが被告マシューの事故責任は大であると判断しているように思えます。

このような事情ですのでご両親様のご意向を尊重しまして控訴はせずに裁判終了とさせて頂きます。皆様方のこれまでの熱きご支援に心から感謝申し上げます」

優海は、「この判決は絶対に納得できない！　何か方策があるはず」と考え、すぐに髭マスターに助言を求めることにした。その晩、優海と俺は、あの会員制バーに行った。

「髭マスター、マシュー事件のニュース見ましたか？」

「弁護団の裁判提起の目的からすれば完全敗訴と同様でしたな……」

「民事裁判で犯罪行為を証明しようというのは土台無理な話でした。それで原点に返って、マシューの交通事故を再捜査させる方法はありませんか」

「実は私もあれこれ考えて見たんだが、一つだけ方法が残されていることに気づいたよ」

「どんな方法ですか？」

「実現できるかどうかは保証の限りではないが、残された唯一の方法であることだけは確かだな」

「教えて下さいよ……」

「確かこの事案は、被告マシューの公務中事故ということで検察庁は不起訴処分にしていたはずだ。この不起訴処分に異議申立てをする方法が残っていた」

優海が即座に質問攻めを始めた。

「不起訴処分に対する異議申立てとは、どういうこと？」

「検察官は、起訴・不起訴に関する絶大な権限を有しているんだ。この権限行使がおかしいと思った告発人は、裁判所に設置されている検察審査会という機関に異議申立てができるという制度があるんだ」

「これって機能しているのですか？」

「最近、大物政治家の不起訴処分に起訴命令が出されるなど世間の注目を集めている制度なので十分に機能していると思う」

「本件ではどうなりますか？」

「県民が審査員に選任されます。きっと我々と同じ問題意識をもって審査してくれるはずですから、不起訴は不当という意見が出される可能性は十分にあると思いますなぁー」

「不起訴が不当という意見がでると本格的な再捜査がなされますか？」

「そうなるはずです」

「異議申立書に我々の調査資料に基づき、監視カメラのデータとか、発信機が被害車両に装着されていたかの事実の有無の解明を求めたら捜査してくれる可能性があるということですね」

髭マスターは大きく頷いた。優海は「やってみます！　弁護士に異議申立て手続きをお願いしてみます」と力強く言った。

数か月後、検察審査会が不起訴不当の意見を発し検察官において再捜査された結果、次の事実が明らかになった。

被害車両には発信機が装着されていた。この機器のＧＰＳ位置情報を入手していた機器に関する情報については不明。

有料道路のサービスエリアの監視カメラに大型ジープが午後六時二十分頃から同六時四十五分頃まで停止していたこと、大倉藍子の携帯電話に何者かが不正アクセスしていた事実が確認できた。

検察官は、弁護団指摘の事実に加え上記事実を確認できたことから起訴相当であるとの判断に至ったようである。しかし、マシュー・アダムスが運転禁止という処分を受けている以上、地位協定の二重の危険の禁止規定により、日本の法廷でも裁くことができないとして再び不起訴とした。

またしても地位協定の壁であったが、髭マスターの助言でマシューの犯罪行為が明らかとなっただけでも一応の成果と思えた。

地元紙が弁護団が収集した証拠と検察審査会の意見に基づきマシューの行為が偶然の交通事故を装った殺人事件とも看做される犯罪行為であったこと、日本の法廷で裁かれたならば十数年の実刑判決となったであろうと大々的に報道してくれたからである。

少なくとも県民に地位協定の運用がいかに不平等であるかの問題提起ができたことだけは確かである。

II　日米地位協定の死角

十三

俺の心にぽっかりと隙間ができた。この島に赴任して以来、マシュー事件の取材に追われ、忘れかけていた記者魂が甦り始めていた。だが消化不良な結末で終わりそうだ。優海も疲れ果てたようで連絡が途絶えた。

ふと優海の「木曜日の午後八時過ぎに髭マスターの店に行くの……」という言葉が思い出された。

あの界隈の裏道は迷路のようで一つ筋を違えると方向感覚が狂ってしまう。会員制の店なのでタクシー運転手も分からず、電話登録がないためナビによる場所検索も出来ない。起点となる港から記憶を辿り、ようやく店を見つけたが閉まっていた。入口に準備中の札がぶら下がっていたので時間つぶしのため周辺を歩いてみた。

かつてこの界隈は沖縄県随一の歓楽街であったそうだが、今は古びたビルにネオンの消えた看板だけが名残惜しそうな風情を漂わせているだけだ。

ぽつんぽつんと灯る寂しげなネオンサインを見ると客として覗いてみたい気になったが、昔に戻りそうな予感がして止めた。

時計を見ると午後九時を過ぎていた。店が閉まっていたら今夜はもう帰ろうと思いながら、再び訪ねた。

ドアを引くとギーという金属音がして明かりが目に飛び込んできた。

暗い夜道を彷徨っていたので砂漠でオアシスを見つけたような安堵感に満たされたがカウンター席に客は誰もいなかった。

「今晩は」と一声かけて中に入ったがオーナーの姿もない。不用心な店だと思いながら席に座り待つことにした。

この店に入ると妙な違和感を感じる。その理由は壁中が本棚で、ぎっしりと雑多な書籍が溢れていることだった。

優海が彼は博識だと述べていた意味が少しだけ理解できた。彼は相当な読書家なのだ。

髭マスターがスーパーの袋をもって「いらっしゃい」と俺に声をかけながら入ってきた。

「誰もいないので帰ろうかと思っていました」

「申し訳ない。急ぎつまみを仕入れて来たんだ」

「こんなこともされるんですか？」

「ご覧のとおりの小さな店だからなぁー。それにしても珍しく君一人か？」

「あの事件以来、やる気が失せて……」

「優海が最近見えない理由も同じだな」

「彼女と一緒に取材してきました。そのバイタリティーには感服しました。他人の事件になぜあれ程のエネルギーを注げるのか理解できませんでした。何か理由があるのでしょうか？」

「君は彼女から何も聞いていないのか？」

「何のことでしょうか……」

「やがて君の耳にも彼女の噂が届くだろう。だが噂には尾ひれがつくし、意図的に歪められたものが流れる可能性がある。それなら私から正確に伝えておいた方がよいであろうなぁー」

「………」

「優海から離婚した理由は聞いたかね」

「えぇー元主人の不倫、家庭内暴力、酒乱……違うんですか」

「まぁー一応そういう理由で間違いはないが、隠された真相があるんだ。実は、元主人は優海にぞっこん惚れていた愛妻家だったが、ある事件が原因で歯車が悪い方向に動き出したんだ」

「ある事件ってなんですか？」

「優海は米軍人より暴力を受けたことがあるんだ。その詳細は知らないが今では集団強姦されたことになっている。それも外人と飲み歩いていたから被害にあったのだという中傷までなされているんだ」

「………」

「優海の話だが、あるレストランで大学時代の女子会があり、そこで偶然、友人と面識のある米軍人と会い、数名の女友達が酒に酔ってしまい軍人らの誘いで基地内のバーで二次会となったそうだ。その帰りに数名の軍人に襲われたが自分は激しく抵抗したので暴力だけで済んだ。だが友達らは被害にあってしまったということだった」

「元主人は優海の弁解を信じなかったのですか？」

「彼女は優秀だろう。それを妬む人がいてね、彼女は外人と遊び歩いていたという噂が独り歩きしてしまったんだ」

「…………そうだったんですか」

「元主人はそれに悩み酒浸りとなり、これから先はお決まりの痴話喧嘩さ。やがて家庭崩壊で離婚となったわけさ」

「優海が今回の事件で怒りをもって真相究明に取り組んだのはそんな事情があったんですかね」

「そうかも知れないなー」

「彼女は、なぜか私に同情的なんですが、何か聞いていますか？」

「聞いているよ。君には死相が出ているので、ぜひダイビングを体験させたい。私にも協力してくれという話だったな」

「彼女は人相を見れるのですか？」

「手相や人相占いの基礎知識を伝授したから少しは見れるはずだ」

「髭マスターは占いができるのですか」

「優海から聞いていないのか。昔、東京で手相、人相占いで生計を立てていた。行列ができる占い師という評判をとったこともあるよ」

「…………」

「優海の言葉が引っかかっているんだな？　私は謎の人物だとの話に……」

「そうなんです。髭マスターは一体、何者ですか？」

「ただの会員制バーのオーナー、ダイビング教室の経営者兼インストラクターで、元占い師というところか」

「優海の話では、政治家、外資系投資家とかが相談にみえるとか。この点はどうですか？」

「確かに、世間で大物といわれる人物が時に私を訪ねてくることはある。それは私の人脈のなせる業でしかない」

「よく理解できませんが……」

「私は昔、政財界のドンと呼ばれていた人物に仕えていたことがある。それが縁で君らが想像できない人脈が形成されてきた。優海の話は、そんな人脈を介して地元特有の問題について相談に来ただけさ。この地もまた特殊な人脈社会だからね」

　この程度の説明では到底、納得できなかった。ただ、これ以上の答えは何も得られないであろうことだけは確かに思えたので、この質問は終えることにした。ただ気になったことについてだけは是が非でも確認しておくべきだと思った。

「優海と一緒にこの店に来たとき、確か俺の顔をまじまじと観察されていましたね。人相占いをしていたのですか？」

「そうだな……優海が君と最初にあったとき〝死相が出ている〟と判定したらしい。それで君に最後まで付き合ったようだが、私の見立てでも同じだった。おそらく不眠状態にあり、精神は不安定、他人の発言に耳を尖らせて過剰に反応していたはずだ。精神の弱い人なら自殺しかねない最悪の状態だったよ。君は心の平穏を自己の強い意志で保てる人物なので自殺念慮を心の奥に追いやることができているが、体の健康状態はすこぶる悪かったはずだ。どうかね？」

「健康状態は最悪でした。それで人生をやり直すつもりで、この島への転勤を願い出たのです」

「感想はどうだ……」

「本当に良かったと思います。この選択が間違っていないことを今、改めて実感しているところです」

「初めて君がこの店に来たときから早一年は経っているかなー。あのときの君と比べれば全くの別人だよ。生きがいすら感じているようだ」

「優海さんの事件の取り組みを見て忘れかけていた記者魂が甦りつつあるのを感じています。また、ダイビングのお陰でストレスから解放されました」

このような他愛のない会話を楽しんでいるうちに馴染み客が一人二人と増え俺の知らない会員の消息を含めた話題が飛び交い始めたので新参物は退散することにした。

店を出て空を見上げると雲一つなくスーパームーンが光り輝いていた。本でも読めそうなくらいの明るさだ。

この地の空気が澄んでるせいであろう。

今なら妻に自分の愚かさを素直に認めて心の底から反省していると謝罪できそうだ。

もとの平穏な家庭を取り戻せるとは思わないが、子供たちとの関係だけでも修復できないものかとふと願った。

十四

俺の住居は会社借上げ社宅だ。空港近くの高台に位置しているマンションの最上階にある。

早朝、窓を開けると頬をなでる風に生温いぬめりと微かな潮の香りを感じる。海が眼下に広がっているせいだ。

朝日に白く反射している海面が浮き上がって見える。

左手側に空港からジェット機の離発着。ほぼ真正面には軍港が、さらに沖を眺めると優雅な大型クルーズ船の出入りが見える。

仕事場には車でわずか五分程度で住環境は快適至極だ。

昨夜の髭マスターの言葉だが、一年前には死相が出ていた俺が今では、別人のように変身できているというのだ。こんな嬉しいことはない。

廃人寸前だと主治医から宣告されたときは、自分の寿命が尽きかけているのだと諦めかけていた。だが今は充実した毎日を送れている。

俺の記事が掲載されることは滅多にないが、地元特有の事件事故を追いかけるのは実に興味深い。

あらゆる面で沖縄県と本土には違いがあり、これをどう消化するかが俺の課題でもある。

特に本土の官僚や政治家、財界人は、沖縄は甘えすぎだ！　我儘だ！　金をせびり過ぎだ！　と批判するが、現地にいると実に的外れだと気づかさせられる。

日本の安全保障は、県民の終戦時から全く変わらない犠牲の上に成り立っている。

この地の政情が安定していることの価値がいかに大であるかを知るべきだ。その意味では反対意見にも謙虚に耳を貸す姿勢は必要だ。

地元紙を読むときは、このようなことを考えながら県内政治の動きを予測することにしている。

珍しいことに長女の遥から電話がかかってきた。

大学に入学したとの報告は受けていたが詳細は知らない。だが、今朝の電話で俺と同じA大学法学部に入学したこと、法律を学びたいことなどの将来計画を話してくれた。最後に、夏休みに沖縄に遊びに行きたいが泊めてくれるかと聞いてきた。

父親宅に泊まるのに承諾を求める必要などないだろうと思ったが、家庭崩壊の現状からすれば、ある意味当然のことだと気づかされた。おそらく妻の承諾を得たうえでの打診なのであろう。

弟の光一も一緒に来るのかと尋ねたら、「そうだ」との答えが返ってきた。お節介な谷口俊一郎弁護士の一言が魔術的な効果をもたらしているのかも知れない。凍りついた親子の関係だけでも灼熱の太陽が溶かしてくれないかと願い、数か月先の夏休みに思いをはせた。

優海から突然、「よろず相談所に来てほしい」という電話があり急ぎ向かった。新たな動きがあったのであろう。

店に入るや否や優海の声が飛んできた。

「マシューの刑事責任を問うことができそうなんです……」

「岩城弁護士に聞くべきことではないのか？」

「それができないから、ここに集まってもらったのです。本当に気の利かない人ですね」

よろず相談所の会議用テーブルの端には髭マスターが笑顔を浮かべながら俺と優海のやり取りを聞いていた。

彼と会うと何故か心が落ち着く。すべてを見透かされているようであり、心配ないという心の声が聞こえてくるような気持になるからかも知れない。不思議な魅力だ。

「マシュー案件で起訴決議というのが出されそうだという情報が飛びこんで来たのです。この制度について教えていただけませんか」

起訴決議。

俺の記憶の片隅に置き忘れたままの法律用語だった。

それにしても優海は、どうして法律家でもない彼にこのような相談を持ち掛けるのであろうか。

この質問に驚く様子もなく、暫《しば》し沈思黙考し、記憶の引き出しを開けているような様子を見せた後、静かに話し始めた。

「起訴決議か？　岩城弁護士もやるじゃないか……」

「どうして彼が関係していると知っているんですか」

「相談があったのだ。検察審査会の補助弁護士に推薦されそうだが、なってもよいかとね

「……」

「補助弁護士って何ですか？」

「君たちには検察審査会制度のイロハから教える必要がありそうだな」

「是非、お願いします」と優海は頭を下げた。

「検察審査員が選挙権を有する国民の中からくじで選ばれることは知っているね」

「はい。確か十一名を選任するということでしたね」

「この制度の目的が検察官に独占されている起訴するか不起訴にするかの公訴権の行使に民意を反映させて，その適正を図ることにあることも理解できますね」

優海も俺も大きく頷いた。

「くじで選ばれる方なので法律問題については全くの素人だと考えて間違いない。それで素人の方に当該案件の法的問題について助言等をなす役割を担っているのが補助弁護士なのだ」

「補助弁護士は誰が選任するのですか」

「裁判所が弁護士会の推薦を受けて選任することになっている」

「…………どういうことですか？」

「マシュー案件の検察審査会の補助弁護士にならないかの打診が弁護士会からあって、例の民事裁判を担当していた自分が就任して法的に問題ないだろうか？　この件が明らかになって社会的非難を浴びることにはならないかという相談だったよ」

「なんて答えたのですか？」

「君こそが適任だから、是非、引き受けられたしと背中を押してやったよ」

「常識的には、やめた方がよいと答えそうですが、何故、すすめたのですか？」

「補助弁護士の役割は、審査員の様々な疑問について答えるのが職務なのだ。この案件について彼ほど事情に詳しい人物はいないから適任だとして引き受けるべきだと助言したのさ」

補助弁護士に岩城弁護士がなっていたことは分かった。

俺が知りたいことは、起訴決議が出そうだということの意味だ。

「起訴決議が出そうだという意味を教えてもらえませんか？」

「検察審査会は、前回、不起訴不当の決議をしたことから再捜査がなされたが、結果としては再度、不起訴にした。おそらく検察審査会は、この不起訴処分も不当であると判断したということだろうな……」

「もう少し分かり易く説明して頂けませんか？」

「マシュー・アダムスは軍属なので、軍事裁判で裁かれていません。これは確実です。何故なら米国連邦高等裁判所において、平時には軍属を軍事裁判で裁くことは違憲であるという判決が存しているからさ……」

「この高裁判決があることと起訴決議との関係は、どうなるのですか？」

「マシューは、地位協定で定められている二重の危険の法理が適用される刑事裁判が存在しないということです」

「民事裁判において運転禁止処分を受けている。それで、日本の裁判所で裁くことができないという主張がされていたのではありませんか」

「確かにそうだが、岩城弁護士は、この問題点について、この処分は日本でいう免許停止等の行政処分であって刑事罰ではないと理論武装したのだろう……」

「理論武装した？」

「地位協定の定めによれば、米国が本件交通事故に関し刑事罰を科していれば、二重の危険の法理により日本の裁判所で刑事罰を科すことはできない。おそらく、その法理に抵触していないと理論武装したということさ……」

実に難解な手続きだと思ったが、髭マスターは法律家でもないのに何故、検察審査会という制度について豊富な知識を有しているのか？　この疑問について率直な質問を投げてみた。

「髭マスターは、噂のとおり大学教授だったのではないですか？　そうでなければ弁護士でも理解ができない手続きについて詳しい説明ができるとは思えないのですが……」

「ここは何処だと思いますか？　『よろず相談所』ですよ。困った方のよろず相談に乗れるということですので、これくらいのことで驚かれても困りますなあー」

「茶化さないでください。真面目に答えていただけませんか？」

彼は、いかにも愉快だという表情を浮かべて俺との会話を楽しんでいるようだ。

だんだん腹が立ってきた。馬鹿にするなと怒鳴ろうかと思った矢先に俺の考えを読み取ったように話し始めた。

「そんなに怒らないでくれ。種明かしをすれば成程と納得するはずだから……」

「では説明してください」

優海が俺に向かって話し始めた、

「髭マスターにはもう一つの顔があるの。全国的な規模で事業展開している事業があるの。『なんでも企画株式会社』の創業者オーナーという顔」

「何でも企画株式会社という会社が全国展開しているという話は聞いたことがない。そもそも会社登記がされているのですか？」

「株式会社と称しているが登記はされていません。なんでも企画できる組織という意味で株式会社と表示しているだけだそうです」

「全国規模で展開……。このような会社の噂すら聞いたことがないよ」

「知る人ぞ知るという紹介ビジネスだから……噂すら聞いたことがないということは大変いいこと。そうですよね髭マスターさん……」

ようやく髭マスターの正体が明らかになりそうだ。なんでも企画という会社が取り扱った事業の話が聞ければ、何者なのかという謎の少しは解けるはずだ。

「数年前、ある有名な代議士が強制起訴された事件のことを覚えているかな？」

忘れていた記憶が甦ってきた。俺の友人の政治部記者が、この事件を追いかけていた。

有名代議士が政治資金規正法に違反しているとしてマスコミに袋叩きにあっていたが、大山鳴動ネズミ一匹の類で、検察の執拗な捜査にも関わらず不起訴処分となった事件のことだ。

これに不満を抱いた市民グループが検察審査会に不起訴不当という申立てをしたが再度、不起訴とされた。この結果、最終的には起訴決議がなされ、刑事裁判に発展したが無罪で確定した事件だ。

俺は記憶にあるという趣旨で大きく頷いて見せた。

彼は了解したという表情を浮かべて静かな口調で話し始めた。

「まだ誰にも明かしたことはないが、この不起訴処分に異を唱えて不服申立てをして強制起訴にまで持っていったのは、実は『なんでも企画株式会社』なのだ」

「……………」

「信じられないという顔つきだな。だが本当のことだ」

「誰が依頼したのですか？」

「私ども事業は、依頼者の秘密を守ることで成り立っているから話せないが、想像を働かせてみたらいい。あの代議士には無数の敵がいた。これだけで答えとしては十分ではないかな」

「既に経験済みのことだから何でも答えることができるということですか？」

「そうだ。学者や専門家でなくても検察審査会の制度の詳細を説明できて何もおかしいことはないだろう」

「ほかにどんな事業を企画したのですか？」

「日本中を騒がした三億円事件を企画したと言ったらどうするかね」

「まさか、悪い冗談はやめて下さい」

「実は、『なんでも企画株式会社』の事業とは、世間ではまさかと思われるようなことに関与しているんだ。もちろん高度な守秘義務で守られているから世間的には我々の事業の存在は知られていない。蛇の道は蛇で、この会社の手助けを必要としている依頼者は実に多数いるんだ」

「莫大な報酬が得られるのですか？」

「事案しだいだ。実費だけの無償奉仕的な事業も多数取り組んできたよ」

「このような事業に関与する社員というか仲間という方々は何名いるのですか？」

「確かに仲間だな。一芸に秀でた異能な人物が全国に散らばっている。これらの人物とつながりがあるのは私だけだから、案件によって彼らの特殊能力を最有効に使える業務を担当してもらっているのだ」

「法律的な案件もということですか？」

「そうだ。有名代議士の強制起訴案件は、検察行政に詳しい人物、例えば、元検察官であった弁護士が担当したと考えてもらって結構だ」

「このようなネットワークをどのようにして形成できたのですか」

髭マスターは大声で笑いだした、腹の底から可笑しいらしく大きな体全体を揺すって笑い転げた。

「優海から頭の固い人とか、機転の利かない人だと聞いてはいたがまさにそうだ。高度な守秘義務に守られているビジネスだと説明した私に、このビジネスの根幹である特殊かつ異能な人材ネットワークをどうして形成したかを教えるはずがないだろう。質問すること自体が無意味だと思わないか？」

俺は赤面してしまった。

問いと答えが成り立つ前提条件は、回答が期待できるものでなければならない。詐欺師に向かって、貴方は詐欺師ですかと質問することが愚かな問いであるようにだ。

それにしても優海は髭マスターの厚い信頼を獲得しているようだが、既に仲間の一人になっているのであろうか？　ふと、そんな思いを抱きながら起訴決議がなされた後の手続きについての説明を求めた。

「起訴決議がされると裁判所に指定された弁護士が検察官の役割を担うことになるよ。本件事案では、おそらく彼が指定弁護士に選任されるでしょうなぁー」

「そうすると例の民事事件の原告代理人よりはるかに強い権限でマシューの犯行を追求できるということなのですね」

「そうなるなー」

「検察官の役割を担うということは逮捕したり取り調べたりもできるということですか？」

「裁判所が認めるかどうかは定かではないが逮捕請求は可能だなー」

「県警に命じて捜査もできるんですか？」

「検察官に委嘱して捜査協力を求めることは可能とされています」

「今後の展開は、岩城弁護士の手腕にかかっているということですね」

検察審査会の決議により強制起訴された事件数は、これまで八件で有罪となったのは二件だそうだ。

この制度で被告人となった者からは、冤罪助長制度だと非難されている。また専門識者からも運用が世論の動向に影響され、厳格な証拠評価に基づいた起訴ではなく経験則等を駆使しての感情的起訴もあるのではないかとの懸念が表明されている。

そのような理由で、最近、法改正の議論にまで至っているようだが、流石に朝令暮改のような廃止ではなく、検察審査会の活動がより適正になるようにとの方向での改正作業のようだ。

十五

沖縄県は南国の日差し溢れる島というイメージが強いが、日照率は全国最下位を争っている。イメージと現実のこれほどの違いも珍しい。

統計的なデータはないようだが、雨と晴れでは、晴れの日が好きだという人が多いと思う。凡人の俺は晴れが好きだ。好きというより仕事人間の俺にとって晴れている方が動きやすいからかもしれない。

だが俺の妻は雨の日が好きだ。

雨音を聞きながら読書するのが至福の時間だそうだ。

娘からの電話でふと妻のことを思い出した。

谷口弁護士からセクハラ訴訟が解決したことを聞いたのだろうか。

いずれにせよ非は、すべて俺にある。謝罪で済むなら何度でも許しを乞おう。

髭マスターの見立てのとおり死相が消え、生気が甦ってきたせいかも知れない。親らしいことをしてこなかった俺だから、これから親と子の関係を築きなおしたいというのが正直な気持ちだ。

待ち望んでいた夏休みが到来し、娘と息子が俺を訪ねてきた。

優海の助言でケラマのシュノーケル・ツアーに連れて行った。

海辺から僅か百メートルもない近場に見事なサンゴ礁がある。水深数メートルしかないから水中メガネから美しい造形のサンゴ礁で遊んでいるかのごとき熱帯魚が見れる。

娘も息子も驚きの声を上げた。

時間を忘れて日がな一日浮いていたため背中が赤くなったが、この痛みにも感激したようだ。

不思議なものだ。楽しい経験をすると嫌なことも楽しさを刺激する香辛料の役目を果たすようだ。

二人して日焼けの部位を叩き合って痛いと叫び、笑い転げていた。

仕事人間であることを誇りに思っていた俺の、父としての未熟さを実感した。

初めての体験だった。

夕食は、国際通りの近くにある家庭料理の店に連れて行った。

息子がメニューにある全品を食べつくしたいと次々と注文した。かって琉球料理は、素材を含めて本土とは全く違う料理と思われていた。だがゴーヤーチャンプルーをはじめとして、いまでは全国的に知られている。それでもナーベーラー（へちま）、ヒージャー（山羊）、イカの墨汁、アシテビチ（豚足）、ミミガー（豚の耳皮の和え物）などは沖縄独特の料理といえるであろう。

二人がどれも美味しそうに食べたことに満足した。

優海は俺の子供に会うことに遠慮していたが、この店に合流してくれた。子供たちの誤解を招かないように、記者仲間として軍属マシュー・アダムスの追突事故が仕組まれた殺人事件ではないのかと思い取材協力をしていると説明していた。

二人もこの案件には興味を示し次から次と優海に質問していた。

「マシュー・アダムスって、どんなやつ？」娘が聞いた。

「女性から見てってこと？」

娘は笑みを浮かべて頷いた。

「そうね、癪だけどイイ男。背が高くていかにもスポーツマンという筋肉質な方。それに精悍な海兵隊隊員とは違って医者でしょう。噂では相当に優秀な頭脳の持ち主みたいよ」

「なぜ、交通事故の加害者を殺人犯と思ったのですか？」

「彼がストーカー行為者だったこと、決定的なのは藍子さんの日記でしたね」

「今後の刑事裁判は、どうなりますか？」

「岩城弁護士が検察官の役割を担って進行することになるそうよ」

「何罪で起訴するのですか？」

「勿論、殺人罪で起訴することになると思うわ……」

「民事裁判では、殺人の証明ができなかったのでしょう。それなのに殺人罪で起訴できるのですか？」

「民事裁判には限界があったの。損害賠償請求事件で、その賠償義務について、被告国が加害者マシューの不法行為責任を認めるという自白をした以上、交通事故も殺害行為も同じ不法行為でしかなかったからなの……」

「でもマシューが殺意を有していないと否認して争うと証明は困難ではないですか？」

「そうか、貴女は法学部の学生さんだったわね。それで関心があるし、疑問をもっているのね」

「そうなんです。いま刑法の講義を受けていて、構成要件事実の全部の証明責任を検察官が負担しているということなので、検察官が不起訴にした事件をどうすれば有罪にできるのか疑問をもったのです」

「私たちが髭マスターの助言を得て民事裁判で殺人事件だという主張をしたのは、マシューの完全犯罪計画の真相を解明しようと思ったからなの……」

「完全犯罪計画？」

「マシューは、軍人・軍属の公務執行中の事件事故についての第一次裁判権が米軍にあるので県警が捜査できないことを承知のうえで、追突事故を実行したのだと考えたの……」

「それで、民事裁判手続きで殺人事件だと主張していたのですか……」

「そうなの。マシューの殺意を証明するのは大変に困難だと思うけど状況証拠はそろっていると思うわ」

「岩城弁護士から殺意の立証方法を聞いていますか？」

「おそらく岩城弁護士が検察官に委嘱して捜査する結果次第だと思うわ。実は髭マスターを中心としたチームを結成して、殺人事件の証明の課題を検証していくことになっているの」

「父もチームの一員となるのですか？」

「まだお父さんと相談して了承しては頂いてはいませんが、きっと賛同してくれると思いますわ……」

優海は、突然、俺が聞いたこともない話をはじめながら、俺の方に顔を向けて、賛同しますよねというような顔つきで俺を見つめた。子供らの手前、いかにも髭マスターチームのメンバーであるかの如く笑顔で頷くしかなかった。

黙って聞いていた息子まで質問を始めた。

「髭マスター、どんな人ですか？」

「会員制バーのオーナーで、よろず相談所の所長さんで、もと占い師で、ものすごい人脈を持っている方で、正直、説明できない謎の人物ね」

「会ってみたいなぁー」

「いつか会えますよ。きっとね……」

二人の質問は、エンドレスに続きそうだったので、「時間が遅いのでお開きにしよう」と告げ食事会を終えた。

翌日、世界最大の魚類ジンベエザメが泳ぐ水族館で一日を過ごした。自然界で成長すれば全長二十メートルにもなるそうだが、水族館のジンベエザメは七メートル級の二尾だった。

ガラス張りの水槽に面しているカフェで軽食をとった。雄大な泳ぎを見ているだけで時間を忘れた。

この日の宿は、北部地区にあるビーチリゾート・ホテルにした。

海辺に建っているホテルなので波の音がうるさくて眠れないのではと恐れていたが、不思議なことにすぐに深い眠りにおちた。波の音は精神を落ち着かせ、深い眠りに誘い込む効果を持っているようだ。

早朝、部屋のベランダ側の引戸を全開にした。部屋いっぱいに潮の香りがした。これが風の匂いなのだと初めて実感できた。

娘も起きてきた。

「ワァオーきれい」と叫んで海を見つめた。

ベランダから見下ろせば真っ白なビーチが弧を描いている。浅場の海は透明、沖に行くにしたがって薄い青から深い青に変化し、水平線際は濃い藍色に変化している。真正面側の遥か先に断崖絶壁の岬が見える。

かつて琉球王が、この地の風景を愛でた際、万人が座れる広場のようだと称したことから万座毛という地名を賜ったようだ。

息子も起きてきて誰にともなく「今日はマリンウォークをしてみたい」と話した。この日の予定はこれで決まった。

俺は遠慮して二人で楽しんでもらうことにした。

マリンウォーク。

宇宙飛行士がかぶるヘルメットのような酸素供給装置を頭から被り、水中での無重力歩行とカラフルな熱帯魚をまじかに観察できる一石二鳥のアクティビティだ。

手軽にダイビング疑似体験を楽しみたい人のアクティビティといってもよい。

ケラマの海とは比べ物にならないが水中を宇宙飛行士のように無重力で動けるという初体験は驚きでしかないだろう。

水中から上がってきた息子の最初の一言は、「お父さん、僕もダイビングしてみたい」だった。少しだけ誇らしく思うと同時にいつか息子と潜れたらいいなという夢を抱いた。

夕食はホテルの鉄板焼きレストランの窓際の席でとった。

窓はオープンで窓枠が額縁、夕焼けの景色が絵画ということを意図したレストランだった。午後六時三十分頃から空と海が茜色に染まりはじめた。

太陽が水平線に沈みかけたとき、真っ赤な火の玉が、周囲の空を焼き尽くすように朱に染めていく。海面にも帯のような朱が波に揺れながら眼前に迫ってくる。

絶景を玩味しながら、まるでシーサーのような顔をしたシェフの手さばきによる料理を楽しんだ。

子供たちの笑顔を見て、父親らしいことをしてこなかったこれまでの人生を悔やんだ。

「母さんは、元気か?」

和やかであった食事の席が一瞬にして凍りついた。

二人は顔を見合わせた。娘が重い口を開いた。

「お父さんが出て行った後のこと?」

俺は無言で頷いた。

「無神経ね。元気のはずがないじゃない」

「…………」

「お母さんは、お父さんが仕事優先だったのも全部許していた。それなのにお父さんは信頼を裏切ったのよ」

「申し訳ない。心から悔いている」

「あれ以来、外にも出ないで家に閉じこもりきり。お陰で私たちも重苦しい毎日を過ごしてきたわ」

「そうか……」

「お父さんも今、会ったら驚くはずよ。食事もあまりとらないので痩せてしまった」

「……」

「私もみかねて離婚してもいいよと話したら悲しそうな顔をしてた」

俺の心にグサッとナイフが刺さった。確かに俺は自分のことしか考えていなかった。

修羅場から逃避することばかり考えていた。

転勤を願い出たのもそうだ。妻には何の相談もせずにこの島に来た。

何度か手紙を書いたが、お座なりな詫びの言葉を羅列しただけだった。

自分が妻に与えた精神的苦痛には配慮せず、ただ家庭のゴタゴタ、職場における冷遇から逃避することばかりを考えていた。

妻のことに思いをよせれば「元気か?」と聞けるはずがない。

娘は俺に同情したのか、「立ち直れると思う。でも、まだまだ時間は必要だと思うわ」と告げた。

空港で別れる際、「優海さんから聞いたわ。お父さんは、昔のように一生懸命仕事をして真面目な生活をしているそうね。それに本音のとこではお母さんと別れたくないって……本当なの……」

俺は黙って頷いた。

十六

　岩城剛志弁護士は、県庁記者クラブにおいて米軍属マシュー・アダムスに対して起訴決議がなされたことに関する記者会見を開いた。俺も優海も出席した。

「検察審査会は、マシュー・アダムスに対する不起訴処分に対し、起訴すべきであるとの決議をいたしました。この決議を受けまして私が、この事件の検察官の役割を担う指定弁護士に選任されました。

　マシュー・アダムスが民事裁判手続き中、被告尋問が予定されていたのに米国に研修目的の名目で帰国したという事実があります。

　今回も、殺人事件で起訴される可能性があるとの報道に接しますと、直ちに米国に帰国するという方法で逃亡する可能性が高いので、逮捕状を申請しました。

　県警において身柄を確保して厳正な捜査を再開する予定でしたが、米軍は地位協定を根拠として身柄を基地内で確保するという処置をとったので、今後は県警に身柄の引き渡しをなすよう求めていく予定です。

この件について質問があれば、手を挙げて所属社と氏名を述べて質問してください」

地元記者から次のような質問がなされた。

「基本的な質問ですが、起訴決議の手続きについて説明してください」

「検察審査会が行った起訴相当の決議に対し、再度、検察官が不起訴処分をした場合、検察審査会は再度審査を行うことになります。その結果、検察官が不起訴にしたのは正しくない、起訴すべきだという判断がなされたことを『起訴決議』と呼んでいます」

「この決議には要件がありますか？」

「審査員は十一人いますが、八人以上の賛成が必要です」

「今回の決議は、どうでしたか？」

「通常であればお答えできかねますが、特別にお答えします。今回の審査会においては十一人全員が賛成でした」

「検察官の不起訴の理由は、確かマシュー・アダムスは米国の法律で処罰されているから、二重の危険の法理に抵触しているということだったように思うのですが、この点はどうですか？」

「検察官が当審査会の起訴相当の決議で再捜査しながら再度、不起訴にした理由は、五年間の運転禁止という処罰を受けており、それが米国の刑事罰に相当するという判断があったためです」

「検察審査会におけるこの問題についての判断理由を教えて下さい」

「専門家の意見を聞きましてクリアできると判断しましたので審査員十一名全員一致で起訴すべきと決議したのです」

「専門家の意見とは？」

「米国の連邦高等裁判所において、平時には軍属に対し、軍事裁判で処罰することは違憲とされている。そうするとマシューに対する五年間の運転禁止処分とは、軍事裁判による刑事罰ではないことは明らかだ。また、基地内には米国の通常裁判所がないので『運転禁止処分』とは、いわゆる刑事罰ではなく、わが国の免許停止等の行政処分に相当するものであろう。そうすると二重の危険の法理の適用はないと判断してよいとの見解でした」

「もう少し分かり易く説明していただけませんか？」

「運転禁止処分は、わが国の制度に照らせば、免許取消乃至《ないし》は免許停止処分だと思われます。いわゆる二重の危険の法理で議論されている刑事裁判法廷における判決に基づく刑罰ではありませんので、地位協定の規定に抵触することはないと判断したということです」

「検察庁は、この判断について異議はないのでしょうか？」

「この起訴決議をなすにあたって検察官の意見を聞く必要は全くありませんので、異議があるのかないかについてのコメントは差し控えさせて頂きます」

記者からの質問はさらに続いたが、重要な点は以上であった。やがて予定の時間が来て終了となった。

優海からよろず相談所に集まって欲しいという連絡があった。指定の時間に訪ねると既に優海、岩城弁護士、髭マスター、そして見なれぬ初老の男が集まっていた。

優海が岩城弁護士に本会の趣旨説明を求めた。

「ご承知のとおり、マシューに対する公訴提起期限が迫っておりますが、検察官の積極的な協力は得られておりません。米軍との地位協定に密接に関連する事案ですので外交的配慮による不協力のようにも思えてなりません。指定弁護士の捜査能力や公判維持には大きな壁が立ちはだかっているというのが正直な感想です。

そこで、民事裁判で協力を頂いてきました皆様方は、いずれも事情に詳しい方々ばかりですので、協力をお願いしたいということでお集まりいただきました。まず第一に相談したいことは殺人罪で起訴すべきか、危険運転致死罪で起訴すべきかについてです」

優海が即座に意見を述べ始めた。

「実に単純な追突事故のように見えますが、①マシューと藍子との人的関係、②マシューが藍子に対しストーカー行為に及んでいた事実、③藍子の日記にマシューが『殺す！』と脅迫をしていた事実等々を総合すると殺人罪だと思います。ただ殺人罪として有罪判決を得るためには殺意の証明が必要不可欠ですが、この点について難点がありそうです」

優海から俺の意見はどうかと振られた。

「殺意を否認してくることは明らかで、その証明は困難だと思うので、自動車の運転により人を死傷させる行為等の処罰に関する法律に規定する『危険運転致死罪』で立件した方がよいと思う。法定刑にしても一年以上の有期懲役刑と殺人事件の量刑と遜色のない相当に重い刑罰を科すことができるからです」

岩城弁護士は髭マスターの意見を拝聴したいと頼んだ。

「いずれの意見でもよいと思うが、本件事案における我々の意図は、マシューの交通事故を装った殺人事件という完全犯罪計画の真相を暴くことにあったと思う。そうであれば、量刑がほぼ等しいからどの犯罪名で立件してもよいではなく、可能な限り真相を究明するという方針を貫くべきではなかろうか。もし公判手続中に殺意の証明が不十分と判断されれば、予備的に訴因変更申立てをすれば、いずれかの罪で有罪に持ち込めるはずだ。いかがですか？」

彼の見立ては実に見事である。我々のこれまでのマシューを追及していた原則を崩すことなく、公判維持についての配慮がなされているからだ。

岩城弁護士の腹は固まったようだ。

「では私も殺人罪で立件すべく証拠を整理しますが、殺意立証についてのこれまで収集された証拠で十分か、さらに何を捜査すればよいかについての意見をお伺いしたい」

優海が即座に意見を述べ始めた。

「マシューから自白をとるのは無理でしょうね。そうすると状況証拠から殺意を証明するしか方法がないことになりますが、どうすればよいのでしょうか」

髭マスターが同席させていた初老の男を、もと検察官ですと紹介したうえでこの点についての説明を求めた。

「質問の殺意の証明方法についてです。一般論でいいますと被告人が殺意を否認しますと状況証拠を積み上げて殺意があったと推認してもらう方法しかありません。凶器による殺意が争点とされている場合だと、致命傷を負わせるに足りる形状及び性能を有する刃物を使用したか否か、人体のどの部位に刃物を使用したか等々を総合して殺意の有無が判断されることになります」

「自動車運転の方法による殺意の認定の場合は、どうなりますか？」

「自動車によって殺人を行う場合としては、事故態様の証明が最重要となります。本件は追突事案ですので、マシューが運転した車両が大型車か小型車か、衝突する際の速度等を総合して殺意認定することになると思います。この点、私が記録を検討した限り、大型ジープによる相当に速度を上げての意図的な追突事故のように思えますので、動機等についての証明が十分であれば殺意認定は可能ではないかと思いますね」

おそらく髭マスターのネットワークに属する仲間なのであろう。先日、話していた有名政治家案件で検察審査会への申立等手続きを担当した人物かも知れない。それにしても予想以上に本格的な会合となっていることに驚いた。

俺も真剣に参加する必要があると思い、皆に質問を投げた。

「本件事案においてマシューの殺人に関する動機についての証明はどうすればよいでしょうか」

もと検察官が再び説明を始めた。

「動機に関する証拠は乏しいように感じた。父親が莫大な資産家であることを知り、関心を引いて結婚し、やがて財産を乗っ取ろうと考えていたようにも思えるが決定的な証拠はまるでない。どうにかしてマシューが藍子さんに近づこうとした経緯を詳しく語れる人物を法廷に連れてくる必要があるように思える。この証人探索については髭マスターのネットワークに頼るしかないな……」

初老の男は、笑いながら答えを待っていた。

「実に難しい課題だな。基地内に仲間がいないわけではないが、果たして基地内病院関係者とかマシューに接点のある人物に辿りつけるかだ。いずれにせよ、やらなければならないのだから努力してみるよ」

初老の男は、再び次のような意見を述べた。

「マシューの弁護人は、例の黒田弁護人が担当するようだ。彼はかつて、軍人・軍属の強姦事件で、沖縄県では公正な裁判などできようはずがないと主張して本土の裁判所に移送の申立てを行って激しく争ったことがあったそうだ。今回もこのような争い方をしてくるのではないかと予想されるが、どう対応したらよいかな？」

極めて実務的な問題となってきたので岩城弁護士が見解を明らかにした。

「私も黒田弁護人なら刑訴法第十九条の『裁判所が適当と認めるときは、事物管轄を同じくする他の管轄裁判所に移送することができる』との規定を根拠に沖縄県での裁判では不公正な裁判となる恐れが高いので移送すべきとのパフォーマンス的な主張がなされる可能性が高いと想定はしています。しかし、公判前整理手続きにおいて、この点の議論を先行させれば問題なく決着すると思いますので心配はしておりません」

「確かに、日本の裁判員裁判と米国の陪審員裁判とは本質的な違いがあるから移送問題を議論しても裁判所の職権発動は期待できないからな……」と初老のもと検察官は頷いた。

これが事実上の「チーム髭マスター」の結成と支援会議の始まりであった。

岩城弁護士が正直に述べた通り、本件は地位協定において公務中の事件であるとして検察官が二度も不起訴とした事案である。

このような事件の特殊性からすれば、検察官や県警の捜査協力を期待する方が土台無理な話だ。

岩城弁護士だけの力には限界があるので髭マスターも支援協力すると決めたようだ。

優海も事実上、岩城弁護士の助手役というような役割で本件事件処理に関与していくことになった。

その後、何度か支援会議が開かれた。髭マスターから最重要な課題であったマシュー・アダムスの動機を証明する証人を見つけたとの報告もなされていた。

岩城弁護士は、更なる証拠を積み上げげマシュー・アダムスを殺人罪で起訴するに至った。

公判前整理手続きの段階で被告人マシューの弁護人黒田は、予想通り沖縄県で裁判すると米軍に対する根強い反感から公正な裁判が期待できないことを理由として本土の裁判所への移送申立てをしたが、裁判官において職権にて移送の決定をする考えがないことが明らかにされたため、公判手続きではこの論争は控えることとなった。

日記の証拠能力についても、伝聞証拠だから不同意の予定だとされたが、刑訴法の伝聞証拠排除の例外として「特信性」ある書面として証拠能力を認めてよいのではないかという協議がなされ、黒田弁護人はしぶしぶ同意する意向を示した。

審理方針としても本件事案の特殊性から充実した迅速審理を目指すことが確認された。

現在の刑事裁判は、重要事件にあっては裁判員裁判となることから民事裁判と異なり、公判廷において直接主義・口頭主義での審理が行われる。

裁判に全く経験のない素人が裁判員として審理に参加するため、この裁判員らにも理解できるように起訴事実についての簡潔な証明ができなければ無罪となる可能性が高くなった。

岩城弁護士は、強制起訴事案における有罪率が極めて低いことから世間から冤罪助長制度であるとの批判がなされていることを自覚し、必ずや有罪判決を得るとの強い決意で公判に臨むことになった。

十七

被告人マシュー・アダムスに対する殺人被告事件の公判が那覇地方裁判所刑事第一部合議法廷で始まった。

裁判長野田公明、右陪席坂下正義、左陪席多田静香と六名の裁判員が入廷してきた。

野田裁判長は、重々しい声で、「刑事被告人は前に」と告げた。

被告人マシュー・アダムスは背筋をピンと伸ばした姿勢で裁判官及び裁判員の前に進み出て直立した。

外人特有の柔らかな金髪で小顔。身長は約百九十センチ位と思えるが、引き締まった細身の体なので大男という印象はない。女性の目から見ればため息がでそうなほどのハンサムな好青年なのだ。

一般に殺人犯は、人相風体よりして残虐そうな人物をイメージしがちだが、マシュー・

アダムスは、映画の一シーンとして殺人犯役を演じているだけの人物にしか見えない。おそらく裁判員も彼が殺人犯であるとして裁かれることに違和感を覚えたのではなかろうか。

被告人の人定質問が終わった後、裁判長は岩城指定弁護士に起訴状の朗読を命じたので、即座に立ち上がり起訴状の朗読を始めた。

「公訴事実。被告人は、米軍基地内病院において勤務している医師であるが、交際していた大倉藍子が婚約したことを知り、被告人が会いたいとの希望を伝えても断り続けたことからストーカー行為、さらには脅迫等のメールを送信したりしたが、これにも一切の応答がないことから殺害してもやむを得ないと決意し、××年××月××日、午後六時五十五分頃、被告人運転の大型ジープを大倉藍子運転の普通乗用自動車の後部に時速約八十キロメートルの高速で追突させて被害車両を大破させて同人に重傷を負わせ、同月同日午後十一時十二分、××市××病院において、同人を死亡せしめ、もって同人を殺害したものである」

野田裁判長は、マシュー・アダムスに対し黙秘権についての説明をした。この一連の手続きには、裁判所が許可した通訳官が立ち合い、その場で通訳して手続きが進行した。

「これからこの審理を始めるにあたって注意しておきます。あなたには黙秘権があります。したがって、話したくないことは話さなくても構いません。これからずっと話さなくてもよいですし、話したいことだけ話しても結構です。ただ、あなたがこの法廷で話したことは、あなたにとって有利か不利かを問わず証拠となるので、それを前提としてお話しください」

　裁判長は、黙秘権の告知後、次のように告げた。

「それではお尋ねしますが、今、検察官役を担っている指定弁護士が読み上げた内容でどこか違っているところはありますか？」

　マシュー・アダムスは、裁判員の方を向いて、特に女性の裁判員に語りかけるように、柔らかな声で認否を始めた。

「私は、同日、交通事故を起こしたことは間違いありません。しかし、あくまでも偶然の交通事故でした。この日の午後五時過ぎ頃、病院長ジョン・スミスに県医師会の会合に参加するように命じられて、そこに向かう途中での事故です。殺意をもって追突事故を起こしたことはありませんので、殺人罪としては無罪です」

「弁護人の意見はどうですか？」

「被告人の意見と同様、本件は偶然の交通事故ですので殺人罪であるはずがありません。ですから無罪です」

野田裁判長は、被告人の罪状認否を受けたことから、岩城指定弁護士に冒頭陳述を命じた。

「被告人マシュー・アダムスは基地内病院に勤務する優秀な医師で地位協定問題にも深い知識を有し、軍属である被告人の公務中の事件であれば県警には捜査権限がないことから、本件交通事故を装った殺害行為に及んだものです。当職は、この事実を証拠によって証明していきます」

岩城指定弁護士は、公判前整理手続きで証拠申請の内容については基本的な了解が得られていたことから証拠関係カードに基づいて証拠申請した。

大倉藍子の友人らの供述調書や基地内病院の関係者、目撃証人らの供述調書はいずれも不同意とされたことから申請を撤回し、同意がなされた証拠の取り調べが行われた。

被告人マシュー・アダムスの身上経歴

被告人は××年×月×日米国××州生まれ。現在三五歳。地元の高校を卒業後××医科大学を卒業し××州の医師免許を取得。同大学病院で研修医として勤務後、米軍の軍医として入隊し、××紛争国において勤務したが負傷により除隊。××年、基地内病院に医師として採用され赴任し現在に至る。専門は心療内科・精神科。

被害者大倉藍子とは、友人の紹介で知り合い交際を始める。基地内の英会話サークルのメンバーとして交流もあった。

被害者の死亡診断書

××年××日午後十一時十二分××市××病院において死亡

被害者大倉藍子の日記（要約）

×月×日

私に貴女は大倉尚忠の娘かと質問される。何故と聞いたら父が世界の資産家の一人として紹介された記事を読んだことがあるとのこと。

私が資産家の娘であるという情報を入手して近づいてきたように思えた。

×月×日

彼に基地内のレストランに招待される。

この日の帰宅途中の車中にて強引にキスされ、いきなり襲われそうになった。「今日はダメ」と断ったら諦めて送ってくれた。彼と会うのは今夜限りと決める。

×月×日

携帯に電話がかかってきた。食事の誘いであったが理由をつけて、やんわりと断った。

×月×日

大悟君と一緒に県警にマシューの件で相談に行く。ストーカー規制法で対処する方向で調査してくれるそう。

×月×日

殺してやる！　残虐な言葉がメールで届いた。

岩城指定弁護士は、被告人弁護人に不同意とされた書証に関連して、藍子の友人山口由紀及び本件事故を目撃した片岡隆一の証人申請をしたところいずれも採用された。既に公判前整理手続の段階で出廷確保されたいとの協議済みであったため待機させていた。

野田裁判長は、証人二名を証人席に立たせ宣誓させたうえで、山口由紀、片岡隆一の順番での尋問を命じた。

岩城指定弁護人は、山口由紀に「私が質問したことにだけ簡潔にお答えくださいね」

とひと声掛けてから尋問に入った。

「証人と本件事件の被害者となった大倉藍子さんとの関係について述べて下さい」

――私は小中校と藍子さんと一緒だった幼馴染です。

「藍子さんは、証人の貴女にはどんなことでも話してくれていましたか」

――はい、私には何でも話してくれていたと思います。

「藍子さんは被告人マシュー・アダムスといつ、何処で知り合ったと話していましたか」

――基地内の将校さんや領事館の方、基地内病院の医者ら地位の高い方々が出席するパーティで知り合ったそうです。

「このパーティには証人も出席されていますか」

――いいえ参加していません。友達の高木幸江さんがある将校さんから招待されたので、是非とも一緒に出席して欲しいとお願いされ断れなくて出席したそうです。

「高木幸江さんは、どうして基地内の将校さんら高官の方々が出席するパーティに招待されたのですか」

――幸江さんは、沖縄領事官に勤務している方と婚約されていまして、それで招待されたようです。婚約者は米国の方ではなく沖縄県出身ですが、米国に留学され英語が堪能な方だそうです。

「藍子さんは被告人マシュー・アダムスの印象について、どんな人だと話していましたか」

――医者だしハンサムな方だし、レディーファースト精神を体現していた方でしたので、本当に優しい素敵な方だと好意を抱いたようでした。一時期、マシューさんのことばかり話していました。ひょっとすると一目惚れしていたかも知れません。

「その後、藍子さんは、被告人を避けるようになったようですが、その理由は知っていますか」

――マシューさんが藍子さんに近づいてきた目的は父親の財産目当てのようだと気づいたので嫌気がさしたと話していました。

「父親の財産目当てとは、どういう意味ですか」

――藍子さんは、普通の家の娘のように振舞っていましたが、資産家の娘でした。父親の財産を狙って近づいてきたのかも知れないと疑っていたようでした。

「藍子さんを口説いて結婚する気でいたということですかね」

黒田弁護人が突然立ち上がり「異議あり！　この質問は、予断に基づいた憶測で不当な推測証言を導きだそうとする誘導尋問です」と叫んだ。

野田裁判長は「異議を認めます」と即座に判断して、岩城指定弁護士に別の質問に変えるようにと命じた。

岩城指定弁護士は頭をかくような仕草を見せた後、尋問を続けた。

「藍子さんは、被告人マシューが父親の財産を狙って近づいたのだと思った後、どういう対応をされましたか」

――いろいろな理由をつけて誘いを断っていたようです。

「藍子さんの関係が決定的に断絶というか、藍子さんが被告人と会わないと決めた特別な事情について知っていることがありますか」

――誘いをどうしても断れなくて基地内レストランで一緒に食事した帰りの車の中で強引にキスされたそうです。危険を感じたと話していました。それ以来、一切の連絡を絶ったと聞いています。

「その後、どうなりましたか」

――これまでの紳士的な態度を豹変させストーカー行為に及んできました。

「警察には相談されていますか」

――はい、県警本部に相談に行ったそうです。

「この頃、藍子さんは被告人のことをどのような人物と話していましたか」

――藍子さんの言葉でよく覚えているのは、「マシューは、サイコよ」。自分が殺したいと思ったら決して自分が逮捕されないように計画的に実行できる本当に怖い人。彼を怒らせると殺されるかも知れない、と話してました。

「藍子さんが殺されるかも知れないと怯えていた理由は？」

──………

黒田弁護人が再び「異議あり！　不当な誘導尋問だ」と大声を上げた。

岩城指定弁護士は、即座に「裁判長、この尋問は本件事案にあって極めて重要です。被害者が本件事件直前に被告人マシュー・アダムスについて、抱いていた認識を問うているのであり、藍子さんが死亡している以上、証人の証言でしか明らかにできません」と反論した。

野田裁判長は、「異議を却下します。岩城指定弁護士は尋問を続行して下さい」と命じた。

「再度、質問します。藍子さんが殺されるかも知れないと怯えていた理由について述べて下さい」

──被告人は、現在、海軍病院に勤務している医師だけど数年前は軍隊に所属していた軍医だったそうです。紛争地域のどこかの国でテロリストとの戦いに参加していたことがあって、そこでテロリストを何名も殺したことがあるからいつでも人を殺せると語っていたそうです。

「被告人がテロリストを殺した経験があることから藍子さんも殺せるということですか」

――そうだと思います。

「藍子さんを脅していたこともありましたか」

――藍子さんが連絡を絶った後、メールとかで脅していたみたいです。

「先程、証人は、藍子さんが被告人のことを『サイコよ！』と語っていたと証言されましたが、サイコとは、サイコパスのことですか」

――私はよく理解できませんでしたけど、多分そうだと思います。彼女の説明では、良心や善意を全く持っていない冷酷な人なので殺されるかもしれないと怯えていました。

「被告人は、藍子さんに暴力を加えたことがありますか」

――殴られたとかの話は聞いたことはありません。ただ、ある日の帰宅時に車で追跡されて大事故になるのではないかと思うような出来事はあったと聞いたことがあります。

「藍子さんは婚約されましたか」

――はい、中学時代からの友達の石井大悟君と婚約しました。

「被告人は藍子さんが婚約したことを知っていましたか」

――知っていたと思います。

「それで逆上したのかな？」

——そうだと思います。

「証人は、本件は単なる交通事故ではなく、殺人事件だと信じているのですか」

——はい……。

「裁判長、異議あり！　異議あり！」黒田弁護人が大柄な体を揺すりながら大声で連発した。

野田裁判長も流石にこの尋問は誘導に過ぎると判断したのだろう。即座に「異議を認めます。指定弁護士質問を代えて下さい」と命じた。

岩城指定弁護士は、裁判長が異議を認めるであろうことを承知したうえでの尋問であったらしく、何らの反論もせずに次の尋問に移った。

「これで最後の質問です。証人は、被告人から『自分は基地内病院の医者だから公務中の事件事故であれば県警に逮捕されることはない』という発言を聞いたことがありますか」

——私が直接、被告人から聞いたことはありませんが、ある会合で、被告人が自慢げにそのような話をしていたらしいという話を、高木幸江さんから聞いたことがあります。

岩城指定弁護士は、裁判長に向かって満足げな表情で「以上です」と述べて尋問を終了した、
野田裁判長は、被告人マシューの弁護人黒田に対し「反対尋問を始めて下さい」と命じ

た。

黒田弁護人は、憤懣やるかたないという怒りの表情を浮かべ鋭い眼光で証人を脅すように見据えながら反対尋問を始めた。

「証人は被告人と会ったことがありますか」

――はい。英会話サークルの仲間でしたから。

「証人の目から見て被告人はどういう人ですか」

――最初にあったときの私の印象でしたら、正直に言いまして、素敵な方だと思いました。

「証人は、サイコパスの意味を知っていますか」

――知りません。

「そうであれば、藍子さんが被告人はサイコパスよ、と話したことの本当の意味は理解していないということでいいですね」

――私はサイコパスという言葉の意味は知りませんが、藍子さんは知っていたと思います。サイコパスとは、良心や善意を全く持っていない冷酷な人で、彼に睨まれたら最後、殺されるかも知れないと怯えていました。

「被告人には良心の欠片もないだって、誰にそんなことが分かるんだ」

――藍子さんが、そう思ったということで、私には藍子さんが何故そう思ったのかの理由は全く分かりません。

「被告人から聞いたのだが、テロリストであろうが、誰であろうが、これまでの人生で誰も殺したことがないそうだ。それなのにテロリストを殺したことがあるだって……証人は被告人からこの点について確認してみたことがあるのか」

――ありません……。

「だったらテロリストを殺したことがあるから、いつでも人を殺せるなどという物騒な発言をするはずがないだろう」

――私は、藍子さんが言ったことを証言しただけで、それ以上のことは語れません。藍子さんを呼んで確認されたらどうですか。

黒田弁護人は、小馬鹿にされたと感じたらしく大きな顔を真っ赤に膨らませた。

「証人は俺の質問に答えればいいだけだ。いいか、死人を呼んで聞けばいいなどという発言は二度とするなよ」と怒気を含んだ声で一喝した後、反対尋問を続けた。

「証人のこれまでの証言は、ほとんどが藍子さんや高木幸江さんらから聞いた話だね」

――そうです。

「証人は、今、証言した内容についての真偽を確認するため被告人に訊ねたこともありませんな」

――はい。

「証人の聞き違い思い違いがあるということでいいかな」

――いいえ、私が証言したことは全部、私が聞いたことに間違いありません。聞いたことを聞いたとおりに話しているだけです。

黒田弁護人は、反対尋問を続行しようと思い尋問メモの内容を確認している様子だったが、これ以上の尋問を継続する準備が欠けていたようだ。残念そうにメモを片手に持ったまま裁判長に向かって「以上です」と述べて腰を下ろした。

ひな壇では裁判長と陪席裁判官が顔を寄せ合って尋問するかどうかの協議をしていたようだったが、裁判官としての尋問は必要がないと判断したようだ。山口由紀に「これで終わりました。ご苦労様でした」と述べて証人席からの退席を促した。

続いて裁判長は、廷吏に命じて控室で待機している証人片岡隆一を同行するようにと命じた。

片岡は、実直そうな五十代後半の方で、一見してサラリーマンと分かるような人相風体の人物だった。

裁判長は、岩城指定弁護士に尋問を命じた。

「証人の勤務先を述べて下さい」

——××製作所沖縄支店で勤務しています。

「証人は×月×日に発生した事故を目撃しましたか」

——はい
「証人の当日の勤務内容を述べて下さい」

——北部地域において取引先数件に営業をしまして五時三十分時頃、帰路につきました。

「当日、大型ジープの走行状況を見ていますね。そのときのことを述べて下さい」

——私は走行車線を制限速度の八十キロで進行していました。すると追い越し車線を百キロ以上の高速で追い越して行く大型ジープに気づきました。私の前方を走行している白い普通乗用車を追いかけているように思えました。

「証人は、どうして前方車を追いかけていると思ったのですか」

——追いついた後には、並走状態となり、その後、追い越すという運転をしていたからです。

「このような走行状況を見てどう思いましたか？」

——危険な運転だなー、もし大型ジープと普通乗用車とが衝突事故を起こすと、私も大変な事故に巻き込まれかねないと思いました。それで減速して動向を注視して運転することにしました。

「その後、大型ジープはどのような動きをしましたか」

――白塗りの普通乗用自動車の前方に割込み、進行を妨害するような危険な運転を繰り返していました。

「普通乗用自動車の動きについて具体的に述べて下さい」

――一旦、急減速しました。車間距離が開いたため大型ジープも減速しました。すると普通乗用車は急に加速して高速インターの出口に向かいました。

「高速出口を出た後どうなりましたか」

――大型ジープは猛スピードで先行している普通乗用自動車を目掛けて追突していくような動きをしているように見えました。私は危険だと思い、即座に車線を変更して二又に別れている別の方向に進行しました。その直後だと思うのですが、ガーンという衝突音が聞こえましたので、やはり追突したのだと思いました。

「証人は停車して救助に向かいましたか」

――後続車が続いていましたので、一時停止もできずそのまま進行せざるを得ませんでした。

「この事故を目撃したのですから警察への通報はしましたか」

――助手席に同乗していました同僚の岡田信明が一一〇番通報しました。交通司令センターに通報記録を確認して頂ければ通報時間と通報内容を確認できると思います。

「実は証人の存在を確認したのは、この通報記録からです。この記録では大型ジープが猛スピードで追突してきたという通報となっていますが、間違いありませんか」

――その通りです。大変危険な運転だと思って事故回避の対応をとっていたので事故に巻き込まれずに済んだと思います。

片岡隆一は本件事故態様を正確に証言してくれた。この結果、仮にマシューの殺意の証明に失敗したとしても危険運転致死罪での認定は容易だと思われた。

黒田弁護人は、どのような反対尋問をするのだろうか。この証言の信用性を突き崩さない限り偶然の事故であるとの主張が完全に瓦解してしまうのだ。

「被告人の弁明によれば、高速道路の走行車線を制限速度を守って走行していたそうですが、どうですか」

――私が大型ジープに気づいたのは、私の車を追い越したときからです。そのときの速度は百キロを超えていたと思います。

「証人の証言内容は被告人から私が聞いたのとあまりに違い過ぎます。被告人は並走したり、追い越したりしたことはない。これまでもこのような危険な運転をしたことはないそうです。証人の見間違いではありませんか」

――そんなことはありません。私が証言した通りで間違いありません。

「被告人が運転していた車だとの証明はできますか」

――出来ると思います。

「ではその根拠を述べてください」

――被告人が運転していた車両のナンバーを覚えています。ダブル・オー・セブン、007でした。私の携帯電話の下三桁と同じですぐに記憶しましたので間違いありません。

黒田弁護人は慌てて記録をめくっていた。加害車両の見分調書等で車両ナンバーを確認していたのであろう。おそらくマシュー・アダムスが運転していた車両ナンバーは片岡の証言のとおりであったようだ。苦虫を噛み潰したような表情を浮かべていた。

「ダブル・オー・セブンに何か意味がありますか」

――私はスパイ映画ファンなので、携帯電話の契約時に、この番号を特に希望したのです。どうですか、私の証言に誤りがありましたか。

真実を語る者にどのような尋問技巧を弄しようとも当該証言を曖昧なものに誤導し、疑義を抱かせるような証言に、できようはずがないのだ。

黒田弁護人の尋問は、俗に言う墓穴を掘る尋問となった。証言者の証言が記憶のとおりのものであるかについて疑義を抱かせるために「証明できますか」と質問したはずである。だが片岡は、逆に完璧な反論証言をした。

被告人マシュー側からすれば、予期しない爆弾証言となった。まさか運転する車両ナンバーについて明確な記憶がある旨の証言が飛び出してくるなど、予想すらできなかったであろう。

野田裁判長もこの点の記憶についてだけ再確認をしてきた。

「証人が車両ナンバーを見たときの状況を述べて下さい」

――加害車両は私の車を高速で追い越したあと私の車の前方に割り込んできました。咄嗟に私は車両後部のナンバープレートの番号を確認しました。万が一、事故が起こったときのためにです。すると私が好きなダブル・オー・セブン、００７でしたので、すぐに記憶したのです。絶対に忘れようのない番号だということです。

裁判長は、片岡に、「これで終わりました」と一声かけて退席を促した。その後、「次回公判日に被告人マシューの尋問を行いますが、岩城指定弁護士には論告、黒田弁護人には最終弁論の準備をお願いします」と告げて閉廷した。

第二回被告人マシュー・アダムスに対する殺人被告事件の公判が開かれた。

野田裁判長は、公判前整理手続きにおいて黒田弁護人が冒頭陳述をする予定であると告げられていたことからその陳述を促した。

黒田弁護人は大柄な体を弁護士席の机に両手を置いて立ち上がり、いつものだみ声で朗読を始めた。

「裁判長、本事件は、本来不起訴で終わるべき事案です。県民は、米軍に激しい憎悪の念を抱いているため県民で構成された検察審査会は、厳密な法的検討をお座なりにして、感情論で強制起訴に至らせたものです。従いまして本件起訴は、指定弁護士の公訴権濫用と評されるべきものです。

そもそも公務執行中の事件事故についての第一次裁判権は米国にあります。地位協定にも明確に定められております。しかるに、検察官がこの規定に基づいて不起訴処分としたのを検察審査会の起訴決議に基づくという理由で無理やり公判請求に至ったものでありま す。裁判長におかれては、不適法な起訴であることを念頭において審理されたくお願いします。

次に本件公訴事実は、殺人罪です。被告人マシュー・アダムスは、大倉藍子さんに対する殺意など全く有しておりません。むしろ結婚したいという願望をいまだ有しており、深い愛情を感じていた相手ですので、殺意があったなどとの主張は論外です。

当弁護人は、改めて公務中の事故であること、被告人には殺意などなく、偶然の交通事故であることを本人尋問によって明らかにします。

裁判員の皆様、被告人の真実の供述を聞いていただき、本件起訴が極めて政治的なパフォーマンスとしてなされた違法・不当なものであることを証明いたします」

裁判長は、法廷通訳人を証人席に立たせ、宣誓させたうえで、黒田弁護人に対し通訳人を介して被告人への本人尋問を始めるよう命じた。

マシュー・アダムスは不気味なくらい落ちついていた。

「被告人の生年月日を教えて下さい」

――私は、××年×月×日米国××州で生まれました。現在三十五歳です。

「学歴及び職歴を述べて下さい」

――××州の高校を卒業後××医科大学を卒業し××州の医師免許を取得しました。その後、同大学病院で研修医として勤務後、米軍の軍医として入隊し、××紛争国において勤務しましたが負傷により除隊しました。

「除隊後の職歴を教えてください」

――米国に帰国後、民間病院に勤務していましたが、軍医時代の上司の方から沖縄県の基地内病院に医師として勤務しないかと誘われまして××年××月頃より勤務医として赴任し現在に至っております。

「証人は被害者大倉藍子とは面識がありましたか」

――事故後に被害者が大倉藍子さんであることが分かりました。藍子さんとは、友人の紹介で、あるパーティで知り合い真剣な交際をしておりました。

「真剣な交際とはどういう意味ですか」

――遊びの気持ちではなく、将来は結婚してもよいという意味での交際をしていたということです。

「藍子さんも同じ気持ちでしたか」

――藍子さん自身が軽い気持ちでの男女の交際を望んでおらず、お付き合いをするなら本気といいますか、結婚を前提としてでなければ交際する気がないと言われておりましたので、お互いに真剣な交際をしていたつもりです。

「基地内の英会話サークルでも一緒でしたか」

――藍子さんが余り自由な時間がないので英会話サークルに入ってくれれば定期的に会えるので是非、参加して欲しいということで参加することになったのです。

「被告人は大倉藍子さんを殺そうと思ったことがありますか」

——全くありません。私は藍子さんを愛しておりました。殺そうなんて思うはずがありません。

「藍子さんが中学時代の友人と婚約したということを知っていましたか」

——まるで知りません。

「英会話サークルの仲間から噂で聞いたことはありませんか」

——噂でも聞いたことがありません。

「藍子さんの友人らは、被告人が藍子さんの婚約のことを知って、それでストーカー行為に及んできたのだと証言されていますが、どうですか」

——私はストーカー行為に及んだことはありません。藍子さんの誤解があるためだと思います。

「藍子さんの誤解とは、どういうことですか」

——私は結婚を前提として交際していた藍子さんが、突然、連絡を一方的に絶ってきましたので、それで、どういう事情があったのかを確かめたくて会いたいと連絡していただけです。これがストーカー行為といわれることは心外です。

「警察官よりストーカー行為の件で事情聴取されたことはありませんか」

——あります。私がきちんと事情を話したところ、納得が頂けたと思っております。

「沖縄県の公安員会において、被告人に対し接見禁止命令を発令する準備中であるという報告もあるのですが、この点はどうですか」

――本件事件が起こりましたので、責任問題に発展することを恐れて、相談があった程度の事案であるにもかかわらず、禁止命令を出すという準備中であったと弁解的な意見表明をしたのではないでしょうか。

「藍子さんの財産を狙って結婚しようと近づいたのだという話もあるのですが、どうですか」

――藍子さんは何の財産も有していません。彼女に比べれば私は、はるかに資産家です。××州には親から相続した広大な屋敷がありますし、株式や預貯金にしても億に近い資産を持っています。彼女の親と結婚するわけではありませんので、親の財産狙いで近づいたという話は、私を犯罪者に仕立てようとの悪意を持った予断工作だと思います。

黒田弁護人は実にうまい尋問を続けている。被告人マシューの殺人動機となりえる父親の財産狙いという点を見事に覆すに足る尋問に成功しているように思われた。

「藍子さんの父親が資産家だということは知っていましたか」

――藍子さんの友達から、資産家の娘らしいということは聞いておりましたが、その程度のことでしかありません。それに私は藍子さん個人に愛情を抱いただけですので親が資産家かどうかは関係がありません。親が資産家だとしても藍子さんに財産があるわけでもないし、父親の相続を待つとして一体、いつのことになるのでしょうか。馬鹿らしくて話になりません。

「では本件に関連した事実を具体的にお聞きします。被告人が海軍病院の病院長より県医師会の会合に参加するようにと指示された日時を述べて下さい」

――職務命令を受けたのは本件事故当日の午後五時三〇分頃だったと思います。

「この職務命令は、事前に承知していましたか」

――いいえ、全く知らされておりません。当日、それも午後五時過ぎ頃、突然に言い渡されました。

「この意味はどういうことですか」

――私が計画的に藍子さんを交通事故で亡き者にしようということがあり得ないということです。

「どうしてですか」

――病院長からの突然の業務命令で県医師会に向かうことになったのですよ。どうして藍子さんと遭遇できますか。

「計画的に交通事故を装って殺害しようと考えていたなら用意周到に藍子さんの移動経路

の調査をして待ち伏せするなどしていなければ、交通事故を装った殺人事件は起こせないということですか」

――その通りです。当日の午後の突然の業務命令を遂行する途中で殺害行為をすることなどできようはずがありません。

「具体的に当日の移動状況について述べていただけますか」

――私が基地内病院から医師会館へ向けて出発した時刻は、十八時十分頃です。有料道路の出口ゲートを通過した時刻は十八時五十五分頃だと思います。

「被告人が出口の通過時刻を正確に述べることができる理由を述べて下さい」

――この事件で起訴されるかも知れないとの情報がありましたので、身の潔白を証明するために私なりに証拠を保存収集しました。ＥＴＣの利用請求書に利用日と利用料金が記録されていましたので、それで時刻を正確にのべることができるのです。

「被害車両と衝突したときの具体的な状況を述べて下さい」

――有料道路を出まして、一般道と交差した付近で私の前方を走行していました被害車両が突然、進路妨害するように急減速してきました。私は会合に間に合うようにと急いでいましたので、加速していたと思います。そのような私の車の直前で急減速してきたものですから、危険を感じ急ブレーキを踏んだのですが、間に合わず追突事故となりました。

この時刻は十八時五十八分頃ではないかと思います。

「それで被告人は、どうされましたか」

――私はすぐに降車しまして被害車両の状況を確認しましたが、車は大破しており、運転席にいた人物の救出は私個人では困難と判断し、軍警察と病院長に事故報告をしました。

「被告人は、この事故現場で逮捕されましたか」

――いいえ、逮捕されていません。

「どうしてですか」

――軍警察官が来まして、公務中の事故であるから県警察には捜査権限がないということが理由のようでした。

「被告人は、このようなことを当時、知っていましたか」

――まるで知りませんでした。

「被告人は、この事故現場から自分の車を運転して県医師会に向かわれていますが、その理由を述べてください」

――軍警察官の方が病院長と電話で話されたらしく、重要な会合への参加のための移動中であったことを知って、現場写真撮影や私の車の衝突箇所等の写真撮影が終わりましたら、会議へ向かってよいとの許可をもらったからです。

「被告人の車両は運転可能だったのですか」

――前部バンパーに損傷はありましたが、運転には全く支障がありませんでした。ですから本件事故が死亡事故になるとは全く予想できませんでした。

「被告人は、証人片岡隆一の証言を聞いていたと思います。彼の証言だと被告人運転の車両が藍子さん運転の車両と並走したり追い越したり、進路妨害するようにしたりという運転行為に及んでいたと証言されていますが、どうですか」

――そのような運転をした覚えはありません。どうにかして軍属である私に刑事罰を与えようとの悪意で証言しているとしか思えません。

黒田弁護人はマシューへの尋問が上手くいったと実感したのであろう。満面に笑顔を浮かべて「以上です」と述べて主尋問を終了した。

野田裁判長は、岩城指定弁護士に反対尋問を命じた。岩城指定弁護士にとって、おそらく予想外の見事な尋問であったように思われる。「疑わしきは被告人の利益に」の無罪推定の法理に照らせば、マシューに殺意があったという認定は非常に困難になったように思えた。

俺は固唾をのんで岩城指定弁護士の反対尋問を注視した。

「被告人は、基地内病院の同僚医師であるマイケル・ミラーという人物に藍子さんの父親は大資産家だという話をしたことがありますね」

――ありません。

「被告人は金融雑誌の記事を示して、この島にもすごい資産家がいるものだ。娘でもいると口説いて財産をせしめてやるのにと語ったことはありませんか」

――ありません。そもそも金融雑誌に藍子さんの父親が資産家であるという記事が掲載されているのを見たことも読んだこともありません。

岩城指定弁護士は、「裁判長、マイケルという人物に被告人が示した金融雑誌を入手しました。これを被告人に示して尋問することを許可して頂きたい」と求めた。

岩城指定弁護士は金融雑誌を裁判長に持参して内容を確認してもらった。この雑誌を示すのは被告人の先程の「雑誌の存在も記事内容も知らない」との供述の信用性に関する弾劾証拠なので許可して頂きたいと述べた。

野田裁判長は、陪席裁判官と合議の上で「許可する」と命じた。

黒田弁護人は「異議あり！　異議あり！」を連発したが却下され、岩城指定弁護士の尋問が続行された。

「これがあなたが知人マイケルに示した金融雑誌です。この雑誌の記事を読んでマイケルに〈娘がいれば口説いて財産をせしめてやるのに〉と語ったのではないですか」

——…………。

岩城指定弁護士は「裁判長！　被告人は、黙秘権を行使しているようですが、この尋問に対して黙して語らずと調書にとって頂きたい」と述べたあと、「被告人は、その後、大倉尚忠について調査していたらしいという事実が確認できますが、どうですか」と質問を続けた。

——でたらめなことを言わないでください。誰に調査を依頼したというのですか。証拠を出してくださいよ！　証拠を……。

これまでマシューは、おだやかに応答していた。しかし、この尋問に対しては気色ばんで、これまでの紳士然とした対応から怒気を含んだ表情に激変した。

美しい顔だけに怒りの形相に変化するとまるで赤鬼であった。これまでマシューに好意的な反応を見せていた女性の裁判員も一瞬にして被告人の恐ろしさに気づいたようだ。

岩城指定弁護士は、証拠なんかあるはずがないという平然とした表情で、さらに尋問を続けた。おそらく、はったりの尋問だったようだが、マシューの怒りを引き出しただけで成功したと判断しているようだ。

「被告人は先ほど突然の業務命令であったから被害者藍子さんの動向など分かるわけがな

いではないかと供述されましたね」

――はい。

「被告人は藍子さんの車にＧＰＳ発信機を無断で装着していませんでしたか」

――そのようなことはしていません。

「被告人は藍子さんの携帯電話機のメールやライン情報を不正にハッキングしていませんか」

――していません。

「被告人の携帯電話の削除されたデータの中に、藍子さんのメールやライン情報が確認されました。不正なハッキングしていたのではありませんか」

――ハッキング……。

黒田弁護人は、マシューーが証言する前に、大声で「異議あり！　検察官提出の証拠中に、被告人の携帯電話データを復元したという証拠はありません。悪意に満ちた誤導尋問だ」と叫んだ。

野田裁判長は、即座に、異議を認めて「弁護人質問を代えて下さい」と命じた。

岩城指定弁護士は、少しだけ間をおいて次の質問をした。

「被告人は、もとの携帯電話内のデータを調査されたらハッキングの事実が明らかになるので、古い携帯電話機を廃棄処分されたのではありませんか」

――ハッキングなどしておりません……古い携帯電話機が壊れたので新機種に交換しただけです。何か問題がありますか。

「被告人は、藍子さんと基地内レストランで食事をした帰りに強引にキスしたことがありますね」

――キスしたことはありますが、強引なという表現は当てはまりません。相互の愛情表現としての抱擁とキスでした。

「その後、無理やり襲おうとしたのではありませんか」

――襲おうとしたというのは、どういう意味ですか。

「藍子さんの意思に反して無理やり性的関係を持とうとしたのではありませんか」

――そのような事実はありません。

岩城指定弁護士は、大倉藍子の日記の一部を読み上げた後、尋問を続けた。

「藍子さんの日記を読むと〈強引にキスされた。抵抗すると怒りが爆発しそうなので『今夜はだめ』と断ったら諦めたようだった〉と記載されています。このような事実があったんでしょう」

――受け取り方の違いです。私が彼女にキスしたときの彼女の反応から、すべてを許すという暗黙の意思を感じました。それで強く抱きしめようとしたら「今夜はダメ」と言われたので、これ以上は無理だと理解して、何もせずに自宅に送ったのです。もし私が強姦するつもりであれば、彼女に拒絶されようが襲っています。二人がいい関係であり続けるために、彼女の意思を尊重したのです。ですからこの日記の記載から強姦に及ぼうとしたのだという証明をしようという趣旨であれば、完全な誤りです。むしろいい男女の関係であったことの証左と解すべきです。

マシュー・アダムスは、確かにシャープな頭脳を持っている。岩城指定弁護士の尋問の意図を直ちに理解し見事に自己に都合の良い解釈を付け加えることに成功しているからだ。

被害者大倉藍子が亡くなっている以上、このときの出来事の詳細を明らかにすることはできない。

マシューは藍子の「今夜はダメ」の一言で紳士的な態度に戻り、無事、自宅に送り届けている事実は、藍子の襲われたとの表現と必ずしも整合しているとは言えない。

マシューの弁明の見事さに岩城指定弁護士も脱帽していたように見えた。

「被告人は、なぜ藍子さんの車にGPS発信機を無断で装着したのですか」

――装着していません。私が装着したという証拠がありますか。

「GPS発信機が発見されています。装着した人物は、被告人以外に考えられません。これが証拠ではありませんか」

――私が装着した証拠はないでしょう。

「この発信機により藍子さんの位置情報を監視することができれば、交通事故を装って殺害行為に及ぶことできると考えたのでしょう」

――先程、装着していませんと供述しました。ですから位置情報を監視していたというのは全くの憶測です。

「被告人は、午後六時十五分頃から同三十五分頃まで、サービスエリア内において待機していたのは、藍子の移動を確認して追跡するためでしょう」

――いいえ、確か、この時間帯のときにトイレタイムをとっていただけです。

「藍子さん運転の車と並走したり、追い越して進路妨害したりしていませんか」

――していません。

「最後の質問です。被告人は、藍子さんに脅迫メールを送っていますね。被告人は、藍子さんが自分を裏切って婚約したことに怒り殺意を抱いたのではありませんか」

――違います。勝手な憶測を押し付けないでください。

岩城指定弁護士は、被告人の当法廷における供述の信用性を弾劾するために必要であるとしてマイケル・ミラーの証人申請を行った。これに対して黒田弁護人は、絶対に認めるべきではないと抗議した。

裁判長は、改めて立証趣旨を岩城指定弁護士に再確認した。これに対し、岩城指定弁護士は、「この証人は、被告人が、大倉尚忠が大資産家であることを知ったうえで、娘がいれば口説いて財産をせしめてやるのに、という発言を聞いているだけでなく『地位協定の定めにより、犯罪をおかしても県警は逮捕できないから怖くない』という発言も聞いている人物です。彼の供述調書は不同意とされています。また被告人が、このような発言をしたことがないと否認している以上、マイケル・ミラーの証言は必要です。是非とも採用して頂きたい」と述べた。

裁判長は「合議します」と宣言し一旦、ひな壇から退席した。

数分後、裁判官席に戻り、証人マイケル・ミラーを採用しますと決定して岩城指定弁護士に尋問を命じた。その際、被告人供述の弾劾に必要な限度にとどめて下さいとの指示を加えた。

岩城指定弁護士は、大きく頷くような身振りで承諾したとの意思を表明して裁判長の人定質問後に続けて尋問に入った。

「証人は、被告人の同僚医師ということで良いですね」

――はい。

「被告人の専門分野は、なんですか」

――主として心療内科ですが、精神科医でもあります。軍医時代には外科も担当もしていたそうです。

「心療内科と精神科との違いはなんですか」

――心療内科は、主に心身症を扱います。心身症は身体症状ですので身体の症状が主訴となります。精神科は、心の症状、不安・抑うつ・イライラ・不眠・幻覚・幻聴・妄想などの身体の主訴を伴わない心の病を対象とします。

「被告人は、ある紛争地域で軍医をしていたというのは事実ですか」

――病院長がそのように紹介していましたので間違いないと思います。

「被告人は、どのような性格の人物ですか」

――病院長とか軍上層部の方々に好感を持たれている人物です。

「同僚とか看護師ら職場の人間関係はどうですか」

――大変に高評価する方と批判的な方が、半々くらいではないでしょうか。

「被告人が日ごろ病院関係者あるいは友人・知人らに自慢していることがありますか」

――自分は紛争地において、怯えた兵隊達に催眠療法を実施して勇敢な兵士に再生させた。俺にはマインドコントロールできる能力があるというようなことを自慢していました。

「被告人は、霊的世界とか宇宙人とかＵＦＯとかに大変な興味を持っている方だそうですが、どうですか」

――あくまでも同僚の噂ですが、彼は超能力信奉者というか、死後の世界信奉者とか、宇宙人存在論者とかいわれている、少し変なオタク的な人物といわれています。

「被告人に対する女性職員らの評価はどうですか」

――学歴も経歴も素晴らしく、相当な資産家の息子という噂もあり、憧れの的であったと思います。

「彼はサイコで冷酷な人物だという印象を持った人もいるようですが、どうですか」

―はい、私も彼はサイコ……。

「裁判長異議あり！」と黒田弁護人が大声を張り上げた。

「この質問は、被告人の人間性・個性・性格について、証人の予断を聞き出すだけのものでありますので、直ちに制限すべきです」

裁判長は、この異議を認めて、岩城指定弁護士に、質問を代えるようにと命じた。

「質問を代えます。被告人は、金融取引に詳しい方だと聞いておりますが、どうですか」

――彼の友人から聞いた話ですが、被告人はＦＸ取引とか、株取引、商品先物取引に詳しいそうです。億単位の資金運用をしているので毎日、金融情報誌を愛読しているそうです。

「証人は、××年××月頃、被告人から金融雑誌を示されたことがあると思うのですが、そのときの状況を述べて下さい」

――私に、「この島に世界の百位以内の大資産家がいるんだぜ。この貧しい島にだよ！もし彼に娘がいれば口説いて財産をせしめてやるのに」と発言していました。

「被告人の『娘を口説いて財産をせしめてやるのに』との発言を聞いてどう思いましたか」

――彼は同性の私から見てもハンサムですし、現実に彼は女性の憧れの的です。ですから大資産家の娘を見つけさえすれば口説けるという自信があったのだと思います。

「被告人は、沖縄県で公務中、事件を起こしても逮捕されないから、何も怖くないという発言を聞いたことがありますか」

――確かに聞いております。

「彼の発言内容を述べてください」

――公務中に事件を起こすと県警には捜査権限がない。米軍警察は基地内病院の医師らに対しては、敬意をもって接するので、お座なりな捜査をして軽い罰程度で、無罪放免にしてくれるはずだという話だったと記憶しています。

岩城指定弁護士は、以上の尋問で目的を達成したと確信して被告人尋問を終了した。

裁判長は黒田弁護人に反対尋問をと命じた。

「証人は、確か、被告人と大喧嘩したことがありますね」

――口論したことですか……。

「そうです。大声を張り上げて被告人を非難したことがありますでしょう。そのとき、同僚に止められたが、殴りかかりそうな態度をとったことがあるのではないですか」

――殴りそうな態度をとったというのは事実ではありませんが、大声で彼を批判したことはあります。

「証人が被告人を批判した内容についてです。証人が好意を抱いていた女性看護師に、愛情もないのに言い寄って、意図的に証人との仲を裂いたと邪推して、罵声を浴びせて人格非難したのではないですか」

――……。

「正直に答えて下さい。自分の恋人を奪われた怒りで、大声を張り上げて非難したのですね」

――………。

証人が困惑した表情を浮かべている。岩城指定弁護士は、証人に考える時間的余裕を与えるためなのか「裁判長、異議あり！　誘導尋問です」と尋問を中断させた。

黒田弁護人は、即座に、「証人が被告人に悪感情というか、敵意を有している事情についての確認なので、必要不可欠な尋問です」と反論した。

証人マイケル・ミラーは、このやり取りで落ち着きを取り戻したように見えた。

裁判長は異議を却下して、尋問続行を命じた。

「証人は、先ほどの質問に正直に答えて下さい」

――被告人を非難したことはありますが、その内容は、被告人が看護師の心を弄《もてあそ》ぶ様な不誠実な対応をしたことを非難しただけです。この結果、彼女は病院を辞めまして突然、帰国してしまいました。私が逆恨みをして非難したということではありません。

「証人が好意を抱いていた看護師さんの突然の帰国なので、怒りをもって被告人を非難したということは認めるのですね」

――病院を突然辞めて帰国するということになったことの責任を感じるべきだと指摘したということであれば、認めます。

「証人は、このような事情もあって、被告人に悪感情をもっていますでしょう。好きか嫌いかを問えば、嫌いですよね」

――嫌いです。彼は他人の気持ちに寄り添う感情を持っていない冷酷な人物です。

「証人が只今証言にしたように被告人を嫌っているから、それで被告人を貶めるような証言をしているのでしょう」

――いいえ、そんなことはありません。

「証人は、被告人に対し悪感情、少なくとも嫌いだから、被告人に罪を着せるために聞いたこともない話を聞いたと証言しているのではないですか」

――いいえ、正直に述べただけです。

「証人以外に、被告人の発言を聞いた人物がいますか。いるのであれば、その氏名を明らかにしてください」

――いるとは思いますが……。

「そうすると証人の只今の証言は、被告人の発言を聞いたというだけで、補強すべき証人は全くいないということで良いですね」

――いいえ、今、思い出しました。藍子さんの友達の高木幸江さんという方も聞いていたと思います。

黒田弁護人は深追いは危険だと感じたらしく、これまでの反対尋問だけで切り上げた。

野田裁判長は、岩城指定弁護士には論告を、黒田弁護人には最終弁論を求めた。

岩城指定弁護士は、即座に立ち上がり堂々たる姿勢で裁判員及び傍聴人らに向かって証拠に基づいて論告を行い、「よって被告人の行為は交通事故を装った殺害行為にほかならないから懲役二十年を求刑する」と論じた。

黒田弁護人は、被告人マシューの供述に基づいて、殺意が全くなかったという点を繰り返し強調し、本件事案は、せいぜい過失運転致死罪でしかないところ、岩城指定弁護士において訴因変更をなす意思がない以上、無罪であると断じて弁論を終えた。

野田裁判長は、「これで審理を終わります。判決日は××年×月××日と指定する」と告知して退席した。

十八

この日の夕方、チーム髭マスター全員が「よろず相談所」に集合した。

岩城指定弁護士は、全員に「これまでの協力、誠にありがとうございます。ご苦労様でした」と感謝と慰労の言葉を述べたあと意見を求めた。

「被告人マシュー・アダムス事件が終結しました。実は一つだけ気になることがあります。裁判長から予備的にでも危険運転致死罪という訴因の追加変更をされたらどうかの釈明がなかったことです。この点は、いかがでしょうか」

いまだ氏名も経歴も明らかにしていない、もと検察官という初老の男が意見を述べ始めた。

「確かに、私もこの点が気になった。しかし、裁判長が殺人罪としての認定が困難と考えているのであれば、おそらく職権にて訴因の追加的変更を促したはずだ。これをせずに本件事案を無罪だと判決することはないと思うから、心配するまでもないと思うが、どうだろう……」

髭マスターも「同感だ！　これだけの証拠調べをして訴因変更されていないから無罪だという判決は余りにも乱暴すぎる。おそらく裁判員らも殺人罪と認定するに十分な証明がなされているという心証形成がなされているためではないかと思う。それにしても岩城弁護士は、よくやったよ。県民の一人として感謝の言葉を捧げたいと思う」

誰からともなく拍手が起き、「ご苦労様！」「ありがとう！」の声が飛んできた。

岩城弁護士は立ち上がって深く一礼した。

髭マスターは、皆に向かって、「本日、慰労会をしたい気分だが、判決まではあと一ヵ月もある。その日まで慰労会は差し控えたいと思う。どうですか」。

おもむろに、異議なし！　の声が上がり、この会議はお開きとなった。

俺と優海は、二人だけで近くの居酒屋に立ち寄り、ささやかな慰労会を開いた。

俺は、今日までに書き溜めておいた取材原稿を取りまとめた記事をほぼ完成させていた。

「〈仮題〉軍属マシュー・アダムス　疑惑の事故」。

本社が記事として掲載するかどうかは分からないが、これまでの事件の取材を通じて明らかになった地位協定の問題点を浮き彫りにするという意図での論評記事だ。判決内容を聞いたらこの内容を付加して直ちに本社に送信する予定でいた。

毎日が苛々の連続であったが、ついに判決日を迎えた。

刑事第一部法廷は傍聴人で溢れ、抽選に漏れた人達は、裁判所前の広場で待機していた。ざわめきが広場中のあちこちから聞こえてくる。

テレビのキャスターが広場にいる人にインタビューをしている。判決内容の報道と同時に沖縄県民の声としてオンエアされるのであろう。

裁判所玄関前にはテレビ報道車が数台並びカメラマンが脚立を準備して待機している。軍属マシュー・アダムスに対する殺人被告事件の判決内容について全国的な関心が高まっているからだ。

この事件は、軍属の公務中事故として沖縄県警が捜査もできず、五年間の運転禁止命令で一件落着になりかけていた。

しかし地元記者神山優海の執念の追跡取材により、民事裁判で殺人事件の可能性があると問題提起され、やがて舞台が検察審査会に移り、とうとう起訴決議となった。

この決議に主導的な役割を果たした岩城剛志指定弁護士による殺人罪で公判請求した

事件の判決が本日、言い渡されるのだ。

地位協定という大きな壁に守られていたはずの軍属マシュー・アダムスの交通事故という手法による殺人行為が裁判手続きで暴かれるのかと沖縄県民の注目が集まっている。

刑事法廷内も、厳正な法の裁きを下すことができるという期待であろう、県民の熱気が充満している。

廷吏の「起立！」という甲高い声が法廷内に響いた。

ガタガタという耳障りな音がした後、一瞬にして静寂に変わった。

野田裁判長は、黒田弁護人に対し、「被告人が出廷していないようですが、何故ですか」と強い口調で問いかけた。

黒田弁護人は、恥じ入るように身をすくめて「実は、本日付で弁護人を解任されました。被告人マシュー・アダムスに新たに選任されました榊原明夫弁護人がこの件について弁明することになっております」と述べて腰を下ろした。

法廷がざわつき始めた。被告人が出廷しないとなると、この裁判手続きはどうなるのか。被告人欠席のままでも判決できるのか。このような疑問が渦巻いて法廷内が騒然となるなかで、榊原弁護人が立ち上がり弁明を始めた。

年齢は五十代のように見えた。背は大柄な黒田弁護人とほぼ同じくらいだが体型がスリムなためより長身に見えた。着ている濃紺のスーツも最近はやりの体に密着したタイプであったため、いかにも有能なベテラン弁護士であるかのような雰囲気を醸し出している。

一体、どのような弁明をするのであろうか。傍聴人全員が息を凝らして彼を見つめていた。

「裁判長！　本日、被告人は出廷いたしません。正確には、既に沖縄県にはいないため今後、本件裁判に出廷することができません。このような事態となったことについて弁明したいのですがよろしいでしょうか」

傍聴席の誰一人として予想していない事態となり、怒りの声が満ち騒然とした状態となった。いたるところから「逃走だ！　逃走だ！」の非難の声が上がった。

野田裁判長は、大きな声で「傍聴人！　静粛にお願いします！」を何度も繰り返した。やがて静けさが戻ってきた。

怒りで荒れそうな法廷の空気にもかかわらず、顔色一つ変えずに立っていた榊原弁護士が再び弁論を始めた。

「裁判長、被告人が欠席していますので裁判手続きをすすめることはできませんが、当弁護人は、被告人が出廷しない理由について弁明する必要があると思料しておりますので、許可していただけますでしょうか」

野田裁判長は、その場で陪席裁判官と合議の上、「許可します」と告げた。

榊原弁護人は、「ありがとうございます。本日、米国連邦地方裁判所の人身保護命令を持参しましたので提出します」と発言後、同伴していた若手弁護士に命じて、米国連邦地方裁判所の命令書の写しを裁判長及び裁判員ら全員と岩城指定弁護士に交付させた。この交付の完了を確認後、弁明を始めた。

「被告人マシュー・アダムスの米国における弁護団は、本件事故が公務中事故であり、その第一次裁判権が米国にあるにもかかわらず、米軍が本件事件の裁判権を那覇地方裁判所に委ねていることは許し難い。また、米軍が事実上、被告人マシュー・アダムスの本国への帰国を妨害していることは人権侵害であるとして、米国W州連邦地方裁判所に対し人身保護命令を申請しました。

連邦地方裁判所においても本裁判は、地位協定違反が余りに明白ということで本裁判の判決前に被告人の人権を救済すべく審理を急いだ結果、×月×日、米軍に対し、被告人の帰国を妨害してはならないとの命令が発せられました。それで昨日、嘉手納基地から軍用機でグアム島を経由して本国に帰国することになりました。

被告人の米国弁護団は、連邦地方裁判所に対し人身保護命令を求めると同時に、米国政府に軍属マシュー・アダムスの人権保障を強く訴えたところ、米国政府においても重大問題であると認識しまして、近日中に大使館を通じて、日本政府に対し本件公務執行中の交通事故についての第一次裁判権は米国にあるので直ちに本件公訴を不適法であるとして棄却すべきであるとの見解が伝達されるやに伺っております」

榊原弁護人は、ここまで緊張状態のまま一気呵成に弁論したためか声がかすれてきたようだ。

「裁判長！　わが国と米国の安全保障条約は、わが国の平和と安全を維持するに必要不可欠な基軸条約であり、地位協定は、この安保条約と不可一体のものとして締結されている協定です。

我が国の法体系は、最高法規である憲法を頂点として、次いで条約、法律、条令というのが法令適用の順番となります。

刑事裁判を律する刑事訴訟法より、安全保障条約と一体と解される地位協定の方が上位にあります。同協定一七条は、『米軍人及び軍属による公務中の犯罪については，米国側が第一次裁判権を有する』と規定しています。ですから、被告人マシューに対する本件起訴は、この規定に違背していますので直ちに公訴棄却されるべきであるとの主張をしてきました。しかし、この基本的な訴訟要件論が蔑ろにされ審理が継続され、判決言渡し直前にまで至っていること自体が大問題ということです。

確かに軍属の公務中の犯罪について地位協定の運用改定がなされております。その内容は、『米国側が刑事裁判にかけない場合には、被害者が亡くなった事案などについて、日本側が裁判権を行使することについて米国側に同意を要請することができる』とするものです。しかし、本件事案にあっては、この同意手続きが不存在ですので本件刑事裁判は条約違反となるということです。

検察官は、この地位協定条項に照らし、被告人を不起訴処分にしたはずですが、法律に全くの素人である検察審査員において、被告人を重罪人とすべく、予断をもって起訴決議に至らしめた結果、岩城指定弁護士による不当かつ違法な起訴になったものと推察されます。

以上のとおり本件は米国に第一次裁判権があり米国の「同意」を得ることなく公訴提起されていることが明らかですので、直ちに被告人を不当な裁判手続きから解放すべきであります。

被告人が本裁判に出廷しないとの判断は、米本国の弁護人らの指導・助言に基づいておりますので決して逃亡ではありません。念のため裁判長らにおかれても誤解なされませぬようお願い申し上げます」

野田裁判長にとっても予想外の展開なのであろう。呆然とした表情で榊原弁護人の弁明に耳を傾けていた。

傍聴席からは、怒りと不満の声が、異様で不気味な唸り声として響いていた。聞きようによっては諦めの溜息にも似た耳障りな音であった。

俺は、マシューに逃亡されたのだという現実にショックを受け、体中の筋肉が硬直して身動きができない状態となった。

マスコミ関係の記者らだけは、榊原弁護人の弁論を聞いた後に、弾けるように法廷を飛び出していった。本裁判の予想外の展開と今後の米国政府要求と政府間に生じかねない地位協定をめぐる政治問題をいち早く報道するためであろう。

岩城指定弁護士も体中の筋肉が硬直して固まっていたように見える。爆発寸前のマグマが頭の中でうごめいているが彼の理性で抑えられているようだ。とうとう怒り混じりのガラガラ声が飛び出してきた。

「裁判長、私にも意見を言わせてください……」

野田裁判長は、諦めにも似た小さな声で「どうぞ」と述べたように聞こえた。恐らく榊原弁護人の本件裁判手続きが不適法であるとの批判は裁判長の自分に対してなされたものと責任を感じているようだ。

「裁判長！　榊原弁護人は、被告人は判決を目前にして逃亡したのではない、米本国の弁護人らの助言で出廷しないと決めただけだと詭弁を弄しており到底、許されるものではありません。

この裁判権問題は公判前整理手続き段階でも議論されていました。検察審査会が起訴決議をしたので公判請求は不可避となった旨が基地司令官に通告されたと聞いております。この通告は、運用改定に基づく、米国側に『公務中に犯罪を犯した軍属を刑事訴追するか否かを決定』されたい旨の催告と解することが可能です。本件事案にあっては、この通告に対する米軍の何らの反応もなかったわけですから、裁判権の行使が許されてしかるべきです。

改めて原点から検討してみましょう。本件事件は、沖縄県内の道路上で発生しておりますので国内法が適用されるべきが当然です。地位協定の定めにより、『公務中の事故』であるとして米軍で第一次裁判権を行使するのであれば異議の述べようがありません。問題は、第一次裁判権を行使しないままで放置されている場合、那覇地方裁判所において、公判審理すること自体が許されないのか、否かです。

国内法の適用が可能な犯罪について、米軍が積極的に同意を与えなくても公判請求は可能なはずです。その裁判手続き中に、米軍が第一次裁判権を行使済みである、あるいは行使するから日本国内における裁判を中止されたいとの要求がなされた段階で訴訟要件を欠くと解すればよいだけでしょう。榊原弁護人が論じるように、公判審理自体が違法であるかの如き主張には問題があると思料します。

　従いまして、被告人を速やかに那覇地方裁判所に出頭させて厳正な法の裁きを受けさせるべきです。逃亡犯が裁判批判をすること自体が余りに異常な暴論であると評すべきです」

　突然、難解な法律論が展開されはじめたため傍聴人のほぼ全員が理解不能であったと思う。俺にだって入口論争しか理解できなかったからだ。

　野田裁判長は、合議しますと告げて、ひな壇から退席したのち、再び裁判官席に戻り、次のように告知した。

「本日、被告人マシュー・アダムスが出廷していませんので刑事訴訟法の定めにより（刑訴法二八五条・同八三条）判決の言い渡しができません。榊原弁護人が論じる第一次裁判権問題については、ご指摘の地位協定の規定を前提として当裁判所の見解を示したいと思います。従いまして、これまでの審理が無効であるかの如き主張については、判決理由で言及しますので、問題があれば控訴理由にされればよいと思います。

　いずれにせよ裁判所としては被告人の出廷を要請するしかありませんので、榊原弁護人には、どうにかして被告人の出廷を確保して頂きたい。岩城指定弁護士においても出廷確保策も検討して下さい。

次回、判決期日を×月×日と指定します」

と告げて退席した。

十九

髭マスターの「よろず相談所」に再び全員集合となった。

つい先日の会合の際には、殺人罪との事実認定に基づく判決が下されるものと信じて達成感と安堵の念を共有していたのだが、まさか判決前日に軍用機に搭乗して堂々と逃亡したことに、全員が絶句してしまった。チーム全員のこれまでの苦労が水泡に帰してしまったからだ。

重苦しい空気を突き破るべく岩城弁護士が髭マスターに「本日までの情勢変化について何か情報が得られておられますか」と質問した。

「私が想像していた以上にマシュー・アダムスは有能だし、相当な人脈を持っている。人身保護命令を勝ち取った法律事務所は、米国において高名で実力のある事務所であり本件事案を担当した弁護士チームも超優秀とされている弁護士らで構成されているようだ。また大統領側近に相当な人脈を持っているようなので、おそらく米国政府筋より日本政府に何らかの圧力もかかってきそうだ」

優海が即座に質問を引き継いだ。

「刑事裁判中、彼はどのようにして本国の弁護士に委任したのでしょうか」

「マシューは、刑事裁判手続き中ということで軍警察に身柄を拘束されていた。それで本国から弁護士が沖縄県に飛んできて、受任と事情聴取や調査を完了させ、本国での人身保護請求に及んだようだ」

「いつ頃から、米国の法律事務所とコンタクトをとっていたのでしょうか」

「どうも起訴決議に基づく公判請求後、公判前整理手続き段階で相当に厳しい裁判になりそうだとのリスクを感じてからではなかろうか……」

「米国において高名な法律事務所に事件依頼すると莫大な費用が掛かるようだし、そもそも紹介者がないと引き受けてもらえないと思うのですが、この点はどうですか」

「彼は相当な資産家で、常に金融資産を増大させることに関心をもっており、金銭欲が異常に強い人物だ。だから弁護士費用くらいは即座に準備できたはずだ。問題は、どのような縁故から高名な事務所に事件依頼できたかだが、この点はわがチームの調査でも全く分からなかった。彼には、我々が調査できない相当に有力な人物とのコネがあるのかもしれないなー」

「今後、この裁判はどうなりますか」

初老の、いまだ氏名不詳の人物が説明を始めた。

「刑事裁判の開廷の要件は、被告人が在廷することだ。榊原弁護人が豪語したように今後も被告人マシューにおいて出廷しないとなると刑事裁判は開廷不能となるだろう」

「開廷できないということは、いつまでも判決が出せないということですか」

「そうなるなー」

「では、これまでの審理はどうなるのですか？　このままで終わりということですか？」

「裁判所としても手続き的に仕舞はつけなくてはいけないから、岩城指定弁護士に対し、被告人の出廷確保ができない場合、本件裁判をどうするかについての見解を求めてくるだろうな……」

優海はいかにも不満だという表情を浮かべて、誰にともなく「被告人マシューの身柄を拘束して那覇地方裁判所に連れてくることはできないものですか」と呟いた。

初老の男が髭マスターに、「昔、このような問題について『なんでも企画株式会社』に相談が持ち込まれたことがなかったっけ？」と問うた。

「今、私も記憶の引き出しを開け閉めしていたところだったよ。確かに法律手続きはあるが、その手続きが余りに煩瑣《はんさ》であるため実効性に疑問符がついたという事件がありましたなー」

優海が「どういう手続きですか」と質問した。

「犯罪人引き渡し条約を締結している国に居住あるいは滞在していれば、外交ルートで適式な手続きをとれば逮捕・勾引は可能だな」

「米国とは、この条約は結ばれていますか？」

「米国は数少ない締結国の一つだったから手続き理論上は可能だなー」

「なら、この手続きを至急とりましょうよ」

「残念だが事実上、この手続きに期待はもてない。諦めるしかないな……」

「どういうことですか？」

「本件事案で仮に裁判官が逮捕状を発行したとしよう。これに基づいて外交ルートに乗せたとしても米本国にいる被告人マシュー・アダムスと逮捕状に記載されている人物の同一性の証明が必要となる。このような複雑かつ煩瑣な手続きは、インターネットで繋がっている現在社会では情報は筒抜けだから、どうなると思う？」

「すぐに犯罪人引渡条約を締結していない国に逃げるでしょうね。そうなると万事休す。逃げ得だ！　ということになるのですね」

頭の良い優海が諦め顔で呟いた。

「そうなのだ。労多くして報われない手続きの最たるものだな……」

「今後、岩城弁護士に何か問題が生じますか？」

初老の男が髭マスターに目配せして、俺から答えるがいいかという暗黙の同意を求めた。

「米国政府筋より激しい口調での抗議の声が上がるだろう。おそらく岩城指定弁護士を名指しで批判しかねないな」

「どういうことですか？」

「岩城指定弁護士が懸念していた最悪の展開になりかねないということさ……」

髭マスターがおもむろに語りだした。

「弁護士会から検察審査会の補助弁護士に推薦されかけたとき、岩城弁護士は断ろうかと思うと私に相談を持ち掛けてきた。私は是非、引き受けなさいと背中を押した。そのときの岩城弁護士が恐れていたことが起こり始めたということさー」

優海が不満げに「ねぇーもっと簡潔に説明してくださいよ。何を懸念していたのかをはっきり説明してください」と誰にともなく発言した。

髭マスターがすぐに説明をはじめた。

「岩城弁護士は本件民事事件の原告代理人で、マシュー・アダムスの交通事故は偶然の事故ではなく、殺意をもっての意図的な交通事故の可能性があるとして賠償請求を求めていた。その彼が検察官役を担当する指定弁護士になって殺人罪で起訴したんだ。マシューを殺人者に仕立て上げる悪意の塊のような人物と批判されかねない。そうだろう……」

全員が押し黙ったままだった。

「米国政府筋の批判は、もっぱらこの点に絞って展開されそうだということさ。当然、岩城弁護士が米国と日本政府の安保体制に批判的であるとか、取扱事件の傾向が偏向的である等々の思想信条にかかわる批判も出てきかねないということさ」

優海はようやく理解できたという表情を浮かべ、大袈裟な身振りで「大丈夫！」と大きな声で自論を展開しだした。

「この事件は、政治的にも議論されるべきよ。国会で議論されるなんてことになったら、それこそ素晴らしいことです。岩城弁護士は、ひたすら真実を追求しただけであって、無実の人に罪を着せようなどとは露ほどにも思ったことはありません。だから大丈夫なの。取扱事件から偏向した人権派弁護士だと非難されたら、金儲け主義の弁護士との違いを強調すればいいのよ。そうでしょう……」

髭マスターが大声で笑いだした。皆もつられて笑い出した。

「優海の言うとおりだ。岩城弁護士は正義を貫いただけだから心配することはない。正々堂々とこの事件への取り組みを語ればよいだけだ。偏向したグループの非難が激しくなったらいかにして正論でねじ伏せることができるかを皆で考えればいいだけだ。だが、第一次裁判権問題については、どう反論するかを再度、総点検しておく必要があるな。そのためには、著名な法学者からの意見を表明させる方法を検討しておいた方がいいだろう」

「著名な法学者に意見を表明させるとはどういうこと？」

「この強制起訴の判断に誤りがないということ、那覇地方裁判所においての審理が違法ではないことについての著名な法学者の意見をテレビ・新聞等で明らかにさせることさ」

「こんなことってできるのですか？」

「忘れたのかね。『なんでも企画会社』が最も得意とする分野が、このような情報戦略にあることを……」

「そうか、髭マスターのネットワークをフル活用すれば、いつの間にか、どこからともなく正当な学問的な意見が飛びださせることはお茶の子さいさいでしたね」

岩城弁護士は、それでも不安そうな表情を浮かべ「僕の弁護士生命を脅かすような最悪の事態にならずに済みますか」と誰にともなく問いかけた。

初老の男が、岩城弁護士の不安を取り除くべく、弁護士法違反について論じ始めた。

「弁護士には高度な自治が保障されているから政府筋から強引に岩城弁護士の資格をはく奪することなどできようがない。要は、民事弁護士の原告代理人だったものが裁判所から指定弁護士に選任されて検察官役を担当することが弁護士法に違反するかだ」

俺も感じたままの意見を述べた。

「民事事件の原告代理人として、偶然の追突事故ではなく、意図的な追突事故だと主張したことと指定弁護士として殺人罪として起訴することは、マシュー側から見れば予断と偏見に満ちた事件処理に見えるはずです。その点は、どうですか？」

「結果としてそう見えるだけで、法手続きを厳密に検証すれば両事件は全くの別事件だ。起訴は本来検察官の専権に属しているが、検察官が起訴しないことから検察審査会の起訴決議で公判が開始された。裁判所が選任した以上、起訴事件の処理は岩城弁護士の責務であり、見事、殺人事件の構成要件事実の証明に成功したと評価できる段階にまできた。職責を誠実に全うしていると評価されることはあっても弁護士法に違反した行為をしたということにはならないはずだ。私も優海さんの、大丈夫論に賛成だな」

ようやく岩城弁護士にも笑顔が戻ってきた。

自信をもって事件処理してきた案件に米国政府筋から地位協定を遵守せず、違法不当な起訴をした弁護士だとの大キャンペーン的な非難がなされるであろうことに動揺していた。だが優海の力強い大丈夫論で、一気に不安が飛んでいったようだ。

それにしても岩城弁護士は、この裁判の決着をどうつけようと考えているのであろうか。せっかちな優海も俺と同様な意見だったようだ。

「今後の方針を教えて下さいよー」

岩城弁護士は困惑した表情を浮かべ、

「申し訳ない。僕もいまだ思案中でどうすれば良いのか……」と小さな声で答えた。

髭マスターが助け舟を出すように語り始めた。

「刑事法廷を開けない手続きが何度も続くとなると指定弁護士の役割は終わることになる。当然、裁判所としては指定弁護士の指定の取り消しの手続きをとるであろうなー」

「そうなると裁判はどうなりますか？」

「裁判が開けないことを理由として公訴棄却の決定が下されて、残念だがこの裁判は結論を見ないまま終わりとなりそうだ」

全員が予想外の結末に苛立ちを覚えた。大事なものを失った喪失感・虚脱感だけが残った。

米国大使館からは、政府筋の公式見解として、米軍属マシュー・アダムスの公務中の事故が米軍ではなく那覇地方裁判所で審理されことに対する激しい抗議がなされた。また既に五年間の運転禁止という処罰を受けているのに再度審理するというのは、米国憲法で定める「二重の危険の法理」に違背した裁判だと批判してきた。

すると、米国に迎合的な日本の国会議員のなかから、「この裁判は、政治的に偏向した岩城弁護士による自作自演的な不当な裁判提起であった」と非難の声があがりはじめた。

ネット上では、「岩城弁護士は爆音訴訟や埋め立て訴訟の事務局長である」とか、「安保体制を否定する政治的信条から米軍属を無理やり起訴に至らしめたに違いない」等々の非難・中傷めいたつぶやきがあふれ出した。

しかし、しばらくすると逆に「あれはやはり殺人行為にほかならない危険な追突事故である。婚約中という幸せのさなかにあった藍子さんを殺害しておきながら五年間の運転禁止という処分は余りに異常ではないか？　県民の命の価値が全くないに等しい軽い処分が許されてよいはずがない」という正論がネットで次々と展開されはじめると、マシュー・アダムスを擁護するつぶやきは、いつのまにか勢いを失っていった。

なにより決定的だったのは、全国放送の報道番組に神山優海がコメンテーターの一人として招かれ、詳細な報告をしたことだった。

米軍属マシュー・アダムスがおこした交通事故の取材の始まりから関係者への取材を通

して疑問をいだき、岩城弁護士らの協力を得ながら起訴決議に至ったことや、公判手続きにおける立証方針について詳細に説明したうえで、岩城剛志弁護士の一貫した真実と正義を追求する姿勢を明らかにしたのだ。またマシュー・アダムス擁護派の非難・中傷が、いかに差別的で不公正なものであるかを語った。

この番組には高名な法学者も参加していた。

優海の報告をうけて、「米国が第一次裁判権の行使をしない場合には、当然に国内裁判所において裁判権行使をしても問題はない。本件事案において米国が第一次裁判権を行使しなかったのは、平時に軍属に対する軍法裁判に服せしめることは連邦高裁で違憲と判断されているためだ。正確には行使しなかったのではなく、行使できなかったのだから、那覇地方裁判所における本件裁判手続きには刑事訴訟法上、何らの問題もない」と解釈し、本件裁判を批判する米国政府筋の批判は的外れであると論じた。

これで岩城弁護士に対する非難・中傷的な批判論はネットの世界から消えていった。

そんな世間の動向を横目にしつつ、俺は準備していた原稿に、マシュー逃走とその結末、今後予想される展開を書き加え、「軍属マシュー・アダムス疑惑の事故　日米地位協定の死角」とタイトルした記事を本社に送付した。

にわかに全国民の注目を集め始めた事件となっていたこともあって、ほぼ全文が署名記事として掲載された。

大多数の国民は、日米地位協定の改定論議に興味も関心も有していない。米軍基地のない地域にあっては、軍人・軍属の犯罪に巻き込まれる可能性はないに等しいから第一次裁判権問題など議論する価値すらないのであろう。

だが、今回の記事の反響はすこぶる良かった。大多数の読者にとってなじみの薄い日米地位協定の問題点を現実に発生した軍属マシュー・アダムスの交通事故の展開を通して、素人にも理解しやすい連載記事に仕上がっていたからだ。

特に、女性記者が疑問を抱かなければ、運転禁止という軽微な処分で闇に葬られたであろう追突事故の真相が殺人事件だとして強制起訴され判決目前にまで至った経緯は、まるで法廷サスペンス映画のようであったことも読者に好感を持たれた理由のようだった。

地元紙は、偶然にも翌日、「米兵起訴は法相指揮」という一面記事を掲載した。この内容は「日本に駐留する米兵らを起訴する場合、事前に検事長や検事総長の指揮を受けるように法務省が1954年の法務省の内規『処分請訓規定』で命じていたことが分かった」というものである。

その前年の「実質的に重要と考えられる事件以外については、第一次裁判権を行使する意図を通常有しない」との裁判権放棄の密約とを併せ考えれば、検察内部の周知徹底が狙いであり、「政治判断で不起訴が可能なシステム」と分析できるとするものだった。

この報道に関連する記事として軍属マシュー・アダムス事件の顚末についても紹介されていた。チーム髭マスター全員も、この記事によって少しだけ溜飲《りゅういん》が下がった。

二十

携帯電話から、俺の好きなメロディーが流れてきた。

暫く耳を澄ませてから電話をとった。懐かしい声だった。

「私です」

「…………」

「もしもし？」

妻の声に不安がこもっていた。

「突然の電話だったので驚いたよ」

「貴方が書いた署名記事を読みました。いい仕事をしているみたいね」

「ありがとう。俺は元気にしているよ」

「遥から聞きました」

「もう一度、チャンスをくれないか」

「海がきれいな島なんですってね」

「君も来てみないか」

妻の返答はなかった。


ベランダの窓を全開にした。

南国特有のスコールが駆け抜けて行ったようだ。木々の緑が瑞々しい。

海からの風を胸いっぱいに吸い込んだ。

ほのかに潮の香りがした。


（完）

与世田兼稔　よせだ　かねとし

1950 年、沖縄県石垣市生まれ。
1974 年、明治大学法学部卒。1977 年、司法試験第 2 次試験合格。1978 年、立教大学大学院法学研究科民刑事法専攻修士過程終了（法学修士）。1980 年、最高裁判所司法研修所終了（32 期）。同年東京弁護士会登録。1983 年、与世田兼稔法律事務所開設（沖縄弁護士会）。2004 年、沖縄弁護士会会長。
公職としては 2010 ～ 2011 年、年金記録確認沖縄第三者委員会委員長。2011 ～ 2013 年、沖縄県副知事等を務める。
専門は、企業法務、事業再生、医療事故訴訟等。
著書に『自動車事故の法律相談』（有斐閣・共著）、『会社役員をめぐる法律相談』（学陽書房・共著）、『ドイツ労働裁判所制度について』（経営法曹第 130 号）、『合理化に伴う労働条件の不利益変更をめぐる法律上の諸問題』（労働経済判例速報 54 巻 4 号）ほか多数。
2015 年、法廷ミステリー『三人の殺意が交錯するとき』（文芸社）を刊行する。

疑惑の事故　日米地位協定の死角

２０１９年９月20日　初版第一刷発行

著　者　与世田　兼稔

発行者　池宮　紀子

発行所　㈲ボーダーインク
沖縄県那覇市与儀２２６―３
http://www.borderink.com
tel 098-835-2777　fax 098-835-2840

印刷所　株式会社　近代美術

ISBN978-4-89982-369-8 printed in OKINAWA Japan